赤ずきんとオオカミの事情

杉原理生

幻冬舎ルチル文庫

CONTENTS ✦目次✦

赤ずきんとオオカミの事情

✦カバーデザイン＝高津深春（CoCo.Design）
✦ブックデザイン＝まるか工房

イラスト・竹美家らら✦

赤ずきんとオオカミの事情

1

白のインナーに赤いパーカーを重ねて、黒のレザージャケットを羽織る。

高林真紀《たかばやしまき》は姿見を一度確認すると、「これでいいか」と鞄《かばん》を手にとって肩にかけた。

なにか差し色にしようというとき、真紀はいつも自然と赤を選んでしまう。

赤が特別好きなわけではないが、子どもの頃から「真紀ちゃんは赤が似合うね」といわれて赤系統の服を着せられていたせいで、刷り込みになっているのだ。

さらりとした黒髪、黒目がちなアーモンド型の瞳、透けるような白い肌が印象的な端整な顔立ち、ほっそりした身体《からだ》つきに長い手足――容姿が整いすぎているせいで、真紀本人に自覚はなくてもどこかすましていて、気が強い印象をひとに与える。

男にとって褒め言葉なのかどうか謎だが、「綺麗《きれい》な顔してるね」といわれることが多く、幼少時は十中八九女の子に間違われた。青や緑の男の子色が似合わなかったからか、母親はよく赤い服を選んだ。

幼い真紀が「どうして赤ばっかりなの?」とたずねると、母親は「赤は主役の色なのよ」と説明した。テレビの特撮番組のなんとかレンジャーの中心はいつも赤だから、素直にそれを信じたけれども、母親が真っ赤なマントのフードを真紀にすっぽりとかぶせては、ひそかに「ふふふ、赤ずきんちゃんみたーい」と楽しそうに笑っていたと知ったのは後年になってからのこと。真紀はヒーローのつもり、母親は赤ずきんちゃんのつもり。相互の認識には多大な隔たりがあったが、幼少時には知る由もなかった。

とにもかくにも写真のなかの幼い真紀はいつも赤いフードをかぶらされて、上目遣いにカメラを見上げ、母曰《いわ》く「赤ずきんちゃんのポーズ」をとってにっこりと微笑《ほほえ》んでいる。

高校生になったとき、母親が昔の写真を少女趣味なマキシングテープやレースのシールで飾り、赤ずきんのイラストを描き添えたスクラップアルバムを作成しているのを見て、ようやく騙《だま》されたと気づき怒りに震えたものだった。

「だって、かわいかったんだもの」と悪びれずにいってのけた母親の顔を思い出しながら、真紀はしかめっ面《つら》で上着の中に着ている赤のパーカーの襟元を少したぐりよせた。ひんやりした冷気から首もとを隠す。

春はまだ少し先の二月初旬。真冬でも厚着をするのが嫌いであまり着込むことはないのだが、家から出るとかなり冷え切っていて、マフラーをしてくるべきだったかと後悔しながら駅に向かった。両親は二年前から仕事で海外に赴任していて、真紀は大学に入学したときから一軒家で一人暮らしだ。

後期試験も終わり、大学は二か月近くの長い春休みに入っていた。有意義に長期休暇を過ごそう、などと目標を掲げてみても、なにかをするにはまずお金が必要なので、たいていの学生はバイトに明け暮れることになる。そして気がつけば有意義ってなんだっけ——と思いながら、新年度をずるずると迎えるのだ。

真紀も間違いなくそのひとりだったが、今年はバイトにも集中できなかった。このやりきれないもやもや感はなんなのか。大学三年になったら就職活動が本格化しはじめて、来年の二月ともなれば企業説明会のピークだ。おそらくその頃には真紀もリクルートスーツに身をつつみ、説明会に参加する日々が続いているに違いなかった。

だから、こんなふうに怠惰で、なにかを待ちわびているような日々はこれで最後……。

電車に乗って、扉近くで車窓に映る自分の顔をぼんやり眺めているうちに、反対側の扉付近のカップルが笑いあっているのにふと気づいた。年の頃は真紀と同じぐらいか。会話が途切れないように懸命に話題を振っている男を、女が微笑みながら見上げている。

どうしてカップルの視線というのは、距離が少しあっても見えない糸で結ばれているみたいに引力があるのだろう。

仏頂面の自分の背後にこうしたラブラブなカップルが映っていると、精神的にボディーブローを食らった気分だった。

いいな……と思わず遠くを見るような目をしてしまってから、真紀はハッと我に返って表情を引き締める。

いかん。飢えてるのか、俺……。

美形で、どこか高飛車な印象を与える真紀は「モテるでしょう」といわれるが、そんなことはない。顔かたちに惹《ひ》かれて声をかけてくれる相手がいても、こちらが上手《うま》く返せなければ恋愛は始まらない。

打たれてくる球は多くても、真紀はことごとくそれを打ち返せず、大学二年も終わろうとしているのに、コートの端でひとりぽつんと立っている状態だった。なまじ上手そうに見えるだけに、練習相手をさがそうと思っても誰もいないし、いまさら練習中だと知られるのも格好悪い。だから、すました表情で、「恋愛はうんざり」とばかりにコートの隅で孤独に耐え忍ぶしかないのだ。

ほんとうは、俺だってあんなふうにただ笑いあって話す相手が欲しいだけなのに——と車中のカップルを睨《にら》みながら、心のなかでこっそりと考える。自分に愛想がないのは、この際棚あげだった。

それでも過去につきあった経験は二度ある。ゲイだと目覚めたのは中学生のときで、初めての交際は、高校生のときに予備校の講師とだった。

そして二度目は去年、従兄弟《いとこ》の友人とつきあい、数か月で別れた。その相手というのが……。

「おはようございます」

バイト先に辿《たど》りつくと、開店前の店内はすでにテーブルのセッティングが終わっていた。ビルの地下にあるダイニングバーだ。

創作フレンチが売りで、モダンなインテリアと照明で統一された店内は落ち着いた雰囲気につつまれていた。客単価は高く、まず学生は客としてこないような店だ。

とはいえ、ウェイターとしてフロアにいるのは大学生、もしくは若いフリーターばかりだった。人間関係に気遣い無用、週に二、三回シフトに入ればＯＫで拘束されることもないので、スケジュールもたてやすい。だから、ここのバイトはできるかぎり続けようと思っていたのだが、あいつがいるとなると……。

ためいきをつきながら休憩室を兼ねた更衣室のドアを開けると、すでに先客がいた。

「——おはよう、真紀」

いま、まさに真紀がこの先バイトをどうしようかと憂鬱《ゆううつ》になっていた元凶——久遠《くおん》太一《たいち》が笑いかけてきた。

太一は真紀にとって二度目の彼氏。つまり去年、数か月つきあって別れた男だ。

「おう……はよ」

一瞬間が空いたことに、みっともなかったと舌打ちする。やつの前では動揺するところを見せたくないのに。

「太一。今日シフト入ってたっけ？」

「亮介《りょうすけ》の代わり。実家で用があるっていうから」

「――だよな」

太一が事前に入っていると知っていたら、真紀はなるべく曜日を変えてもらったはずだ。それでもどうしても人数の関係で一緒になってしまうことも多く、目下の悩みのたねだった。

もともと太一は、真紀とつきあう前から、従兄弟の亮介の友人だった。

ぱっと見には優男《やさおとこ》に見えるが、その裸体がそれなりにたくましいことは、つきあっていたから知っている。品よく整った顔立ちにはどこか子どもっぽい甘さも漂っていて、涼しげな目許《めもと》が笑いに細められるさまは、大学のパンフレットのモデルにでも採用されそうな爽《さわ》やかな男前ぶりだった。

それだけではなく、太一は学業優秀、性格は礼儀正しく、友達も多くて、ボランティアサークルに所属――誰から見ても好青年そのものだった。ゲイだと知らなければ、たいていの女子が「明るくて行動的だし、すごく誠実そう」と思うだろう。

そう……かつては自分もそうだった。「サークルで子どもたちに人形劇とか見せたりするんだ。一緒にやらない？　児童文化研究とボランティアを兼ねてるんだけど、養護施設の子たちのキャンプや遠足に一緒に行ったりもするんだ」などと邪気のない笑顔でいわれたときには、少女漫画にでもでてきそうな完璧《かんぺき》さに、自分もその登場人物になったかのように胸をときめかせたものだった。

従兄弟の亮介に紹介されたのがきっかけで、つきあっていたのは去年の春過ぎから二か月間ほど——別れてからはその後しばらく顔を合わせることもなかった。ところが、秋過ぎになって、太一は突然、真紀と亮介がバイトしているこのダイニングバーで一緒に働くようになったのだ。

いくら友人の亮介に「いいバイト先だから」と誘われたとしても、その時点でもうすでに真紀と別れているのだから遠慮してくれればいいのに。

……どう考えても、気まずいだろ。

別れた男をバイト先で見なきゃいけない苦痛を、このミントみたいに爽やかな男にわからせる方法はないのだろうか。

バイトをやめてしまうのが一番いいのだろうが、なんとなく自分が逃げだすようで癪《しゃく》に障《さわ》る。元カレとの距離感をどうとるべきなのかがわからず、とりあえず嚙《か》みつくような反応になってしまっているが——真紀はそんな自分自身がいやなのだった。

ひそかに嘆息すると、着替え終わった太一がちらりと様子をうかがうようにこちらを見た。

「真紀。もしかしたら、俺とシフトが一緒になるのいやだった？」

すました顔つきでいいあてられて、真紀は目をそらした。

「馬鹿。なんで俺が太一を気にしなきゃいけないんだよ」

「そうだよね」

別れた男の前では、つねにクールでいなくては——と呼吸を整える。

それにしても最近では、顔を合わせれば太一のほうも表情を険しくしていたのに、今日はよく話しかけてくることに若干とまどう。

「真紀は、ほかにバイト入れてるの？　春休み」

「……土日は配膳会のバイト入れようかなと思ってる」

「披露宴のやつだっけ。あんまりがっちりは入れてないんだ？」

「あれはバイト代がいいんだけど、結構忙しいし。怖い黒服とかいると、怒鳴られたりするし。連続はキツイ」

「じゃあバイトばっかりってわけじゃないんだ。ほかに予定とかないの？　どこか遊びにいくとか」

「いまのところはとくに」

「そうか。けっこう暇なんだ……」

太一はわずかに眉根《まゆね》を寄せて、さらにほかの話題をさがしているようだった。

なんで今日はしつこく話しかけてくるんだろうか。わけがわからずに眉をひそめながら首をかしげていると、太一が苦笑した。

「そんな見るからに『なんだ、こいつ』って顔しないでほしいな。俺はずっと真紀と仲直りしたいなって思ってたんだから」

え――？

太一はロッカーを閉めると、ぽかんとしている真紀のほうへと近づいてきた。

「このままじゃいけないなって考えてたんだよ。俺も悪いところがいろいろあったから。許してくれないかな。ごめん」

「…………」

こんなとき、もしやりなおしたい気持ちがあるのなら、「俺も悪いところがあったし」と認めればいいのだろうか。だけど、いきなりいわれてもこっちも気持ちの整理が……。

「仲直りしてくれないかな――友達として」

へ？

拍子抜けしながらも、真紀はとっさの意地でなんとかそれを表情にださずにすんだ。思わずひとりよがりで間抜けな反応をしてしまうところだったではないか――と腹立たしくなって顔をしかめる。

「いきなりなにいってんだよ？」

「真紀だけなんだ。ちゃんと友達に戻れてないのって。ほかの相手は、みんなつきあわなくなっても、友達としては続いてるのに。真紀は亮介の従兄弟でもあるし。仲良くしたい。俺も悪いところいっぱいあるけど、できれば大目に見てくれないかな。友達として仲良くつきあってほしくて。真紀のほうが俺よりずっと大人だし」

う——とたじろぐ。なかなか痛いところをついてくる。真紀は一年浪人しているので、太一とは同学年ながらも、ひとつ年上なのだ。

亮介を通じてつながりがあるから気まずくなりたくないというのも、至極まっとうな意見だった。でも、真紀と太一では人種が違う。自分は別れたあとも友達なんて、スマートなつきあいかたはできない。

本心では速攻で「無理だ」といいかえしたいところだったが、相手が丁寧に申し出ているのに感情的になるのはあまりにも大人気《おとなげ》ない気がした。「年上らしい対応を」と自らにいいきかせる。

「べつにいいけど。俺はもう気にしてないし」

「ほんとに？」

嘘《うそ》だ、気づけ、馬鹿——との心のなかの叫びが伝わるわけもなく、太一は「よかった」と笑みを見せながら視線を落とす。

「実はちょっと緊張してたんだ。真紀には俺も意地になって、ずいぶん子どもっぽい態度とったこともあったから。今日も『無理だ』ってはねつけられたら、どうしようって思ってた」

「——」

どこまで素直なんだろう。率直な気持ちを打ち明けられて、いやでもひねくれた我が身を反省せざるをえない。

……やりにくい。でも、わかっている。太一は素《す》でこうなのだ。

それでも、硬直していたはずの態度が突然軟化したのにはなんらかのきっかけがあるはずだった。……いやな予感がする。

「太一、どうしていきなり俺にそんなこといってきたわけ？　このタイミングで」

真紀が眉をひそめながら問い質《ただ》すと、案の定、太一は照れくさそうに目を細めた。

「実はこのあいだ、お兄ちゃんに真紀と仲良くしろっていわれたんだ」

——やっぱり、と真紀はげんなりした。

「…………お兄さんに、俺のこと話したんだ？」

「つきあってたって話したよ。お兄ちゃん、真紀のこと『美形くんだな』ってほめてた」

甘い声で「お兄ちゃん」。大学二年の男が、兄に指示されて、心配かけたくないために元カレに友達になってくれと頼む構図。

「あ、そ……」

返事をする口許がひきつる。眉間《みけん》にさらに深い皺《しわ》を寄せながら、真紀は「そうだった……」とうつむく。

——別れた原因のひとつ。こいつはとんでもないブラコンだった。

◇　◇　◇

幼少時は男の子とは思えないほどの顔立ちのかわいさから周囲にちやほやされ、成長してからは「美形なので、モテるでしょう」といわれ続けてきたものの、真紀は恋愛でいい思いをしたことがない。

初めてつきあった予備校の講師は、手のきれいな男だった。板書する手の動きが優雅で、いつも見惚《みと》れていた。

真紀は当時高校二年で、黙っていれば整った顔立ちのせいでキツイ性格に見えたが、実際は口数が少ないだけで、それほど斜に構えているわけではなかった。

複雑なように見えて単純。硬いようでいて、ちょっと力を入れられただけで折れてしまいそうな純粋な脆《もろ》さ。そんな真紀の心を予備校講師の男はいともたやすく手にとった。

「真紀はほんとはかわいいのに」

そんな台詞《せりふ》をいわれただけで、ほかのすべてを忘れるほど夢中になった。誤解されやすい自分の真の理解者が現れたと信じて疑わなかった。

思えば、予備校講師はおそらく真紀をドライな子だと思っていたのだろう。「かわいい」というのは単なる口説き文句で、大人のひそやかな恋愛も受け止められるタイプだと思っていたに違いない。真紀の整った顔立ちは、年齢よりも上に見えたから。

それなのに、当の真紀本人は大好きだと全身で叫んで、予備校講師に自分にできるかぎりのことを尽くして尽くして尽くしまくった。傍《はた》からみると、ストーカーの一歩寸前ともいえる感情のぶつけかただった。

最初の一か月で、手持ちのカードはすべてさらけだした。好きで好きでたまらなくて、なにをしてあげてもいいと思っていること。キスするのも肌をかさねるのも初めてだということ。

あまりにも初心《うぶ》な暴走する恋心に、予備校講師は内心とまどったに違いない。キスをして、からだにふれられることもあったけれども、これ以上踏み込んだらやばいと思ったのか、最後の行為まではしなかった。

「真紀はさ、僕と恋愛するような子じゃないよ」

二年の夏から三か月つきあって別れを切りだされたあとも、何度か会ってくれるように頼んだ。当時はどうして一度好きだといってくれたのに数か月で気持ちが変わってしまうのか理解できなかった。

予備校講師の男は大人のずるさで、真紀が泣きつけば会ってくれたけれども、三年になったときに「受験に専念して」となだめるようにいいふくめられた。

しばらく連絡しないと約束して予備校も変えたのは、もう一度振り向いてもらうために勉強を頑張るつもりだったからだ。なのに、数か月後に当の相手はなにもいわずに予備校をやめて引っ越してしまった。

こんなにわかりやすく人に裏切られたのは初めてで、最初はなにが起こったのかわからなかった。姿を消したのには理由がある、彼になにか大変なことが起こってしまったのだと本気で心配した。

真紀があちこちに事情を聞いて回ったからか、彼の友人だという男が気の毒がって連絡をくれた。「やつは、もうきみとつきあう気がないってことなんだよ。重いんだって」と。そう聞かされた日の夜には、情けないことにショックで熱をだして寝込んだ。

それが原因とはいいたくないが、受験には失敗し、ことごとく志望校に落ちた。かろうじて滑り止めで引っかかった大学もあったけれども、その結果にどうしても満足ができなくて再挑戦を選んだ。

親や周囲に心配や負担をかけての浪人生活がはじまり、ようやく目が覚めた。もともと予備校講師のくせに生徒に手をだそうとする彼がたいした男じゃなかったこと。そしてなによりも――勘違いした自分が一番馬鹿だったこと。

真紀が見かけだけではなくて、内面もろとも防御のための棘《とげ》つきの鎧《よろい》を身にまといはじめたのはその頃からだった。自然と表情はクールになったし、言動はきつくなった。外面はすまして見えても、内面はそれとは正反対だと知っている家族からは、「いったいどうしちゃったの？　反抗期なのかしら？」と心配された。

「やっぱり浪人生活で真紀も苦労したから」

周囲の人間は、「受験に失敗して、真紀の暗黒面が開花した」とことごとく誤解してくれたが、実は違うのだ。世間知らずで、あまりにも幼くて、空回りしまくって失恋したせいなのだ。

憑《つ》き物が落ちたように、冷静に己の行動を振り返りながらいくつか学んだことがある。

次に恋するときには、いくら好きでも相手に気持ちのすべてをぶちまけないようにしよう。向こうに引かれないように、手持ちのカードを全部見せては駄目なのだ。たぶん予備校講師は真紀の外見と内面のギャップに驚いて逃げてしまったのだから。

初めて好きになったから……などと少女漫画のように浮《うわ》ついたことばかりいっていたから、舐《な》められたのだ。

早いうちに気づかせてもらってよかった、いい勉強になった——と一見吹っ切れたように強がってみせても、ふと気が付けば防衛本能の塊《かたまり》になった自分がいることを知る。普段はすました表情の下に隠しているけれども、ほんとうの自分はむしろ以前よりも臆病《おくびょう》になって、小さな子どものように震えている。

——もういいかげん、このままではだめだとわかっているのに。

◇　◇　◇

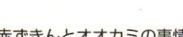

「友達として仲直りしてくれないか」といわれた次のバイトの帰り、真紀は太一と更衣室のロッカーの前で再び一緒になった。

ほかにも人はいたので個人的に話をせずにすんだが、すばやく着替えて「お先です」と出ようとしたら、背後から続けて「お先です」と声がした。振り返ると、太一が「お疲れさま」と笑いかけてきた。

「真紀。一緒に帰ろうよ」

「…………」

お兄ちゃんにいわれて、元カレとも仲良くしよう計画、絶賛続行中なのか。

苦虫を嚙みつぶしたような顔をしつつも、先日これからは友達としてつきあってほしいという言葉に頷《うなず》いてしまった以上、「いやだ」とはいえない。

「いいよ」

年下の元カレぐらいうまくあしらえなくてどうする——と自らを叱咤《しった》しながら、真紀は太一と連れだってバイト先を出た。

深夜とはいえ、都心の地下鉄にはまだ人が多かった。座席はちらほら空いているが、座る気にもならずに、並んで扉の近くに立つ。バイト中はいやでも顔を合わせるものの、こうして店の外で太一と至近距離で接するのは久しぶりだった。

まったくなんの因果でこんなことに……。

つきあっていたときと同じく、太一は真紀を扉の脇に立たせて、乗り降りするひとから遮るように間に立つ。間近で見る太一の顔は相変わらず憎らしいほどに涼しげに整っていて、落ち着き払っていた。

それにしても、友達にしては……近いんじゃないか、この距離。

以前は真紀がひとにぶつからないように守ってくれるようなポジションだと思っていたが、別れた彼氏としては不自然なような気がした。

太一は目が合うと、「なに？」と問いかけるような視線を向けてくる。なにが問題なのか、まったく気づいてないようだった。

太一にとってはごく自然なことで意識もしていないのだとわかって、真紀も「べつに」とふんぞりかえるように顔をそむける。

「春休み中に、真紀のご両親は帰ってこないの？」

「正月に会ったばかりだよ。向こうは、俺に遊びにこいっていってるから、もしかしたら休み中に行くかもしれないけど」

「なんだ、このあいだなにもないっていったのに、遊びに行く予定あるんだ。ロスだよね、いつごろ行くの？」

「いや、行かない可能性のほうが高いと思う。みんな遊びに行けっていうけど、行ったって、普通の旅行と違って、親と一緒にいるだけだから退屈……」

いいかけて、はっと口をつぐむ。太一は幼い頃に両親を亡くしている。しかも、最初は病気で父親を亡くし、次に再婚した母親まで自動車事故で失ってしまったのだ。

悪いことをいってしまったと思ったが、太一は「そういうものかもしれないね」と笑って流しただけだった。真紀は己の会話力のなさを呪《のろ》う。

「そういえば、前に真紀がおもしろいっていってた映画見たよ」

話題を変えてくれたのでほっとして、「へえ」と頷く。

「このあいだＤＶＤ借りてきたから、みんなで見たんだよ。亮介とお兄ちゃんもおもしろいっていってたよ」

ああ、そういう状況――と納得した。太一の家にはいま、真紀の従兄弟の亮介が一緒に暮らしている。

どういう運命の悪戯《いたずら》なのか、亮介は昨年の暮れから太一の兄とつきあっているのだ。家を出て一人暮らしをしたいといっていた亮介は、先日太一の家に引っ越したばかりだ。

両親を亡くしてから、太一はずっと義理の兄と一緒に暮らしてきた。八つも年上だから、兄というよりも親代わりといったほうがいいのだろう。

兄とつきあいはじめた亮介が同居することでどうなるかと思っていたが、賑《にぎ》やかなのは太一にとってはいいのかもしれない。

「楽しそうでよかったな。大好きなお兄ちゃんと亮介と三人で」

「うん、まあね。亮介が一緒に暮らしてるのは楽しいけど……でも、お兄ちゃんと亮介が仲いいからさ。時々、俺は邪魔者なのかなって思うことあるよ」

「………」

心なしか曇っている顔を見せられて、はっと胸を突かれる。

亮介から「太一の兄貴を好きになった」と話を聞いたときには、「これで太一も病的なブラコンから卒業するだろう」と単純に考えていたが——だいたい大学生の男が「うちのお兄ちゃんは天使みたいなんだよ」と真顔でいうのだから、本気でこいつは大丈夫なのかと心配にもなるというものだ。

兄離れにはいい機会だろうが、太一のいまの状況をよく考えると、最愛のお兄ちゃんを親友に奪われてしまったのだから、同時に大切なひとを失って失恋したようなものかもしれない。

失恋のつらさは真紀もよく知っている。なにせそのおかげで浪人した。「ブラコンざまあみろ」と嗤《わら》っている場合ではなかった。

絶望の底に落ちていた過去の自分と重ねあわせたせいですっかり同情してしまい、真紀は表情を険しくした。

「邪魔ってなんだよ。もともと亮介のほうが居候だろ？　太一が小さくなるなんて、らしくない」

「まあ、そうなんだけど。もうあいつ、お兄ちゃんの彼氏だからね」

「だからって……もし気になるなら、俺が亮介に注意してやる。太一が遠慮することないだろ。そばでイチャイチャされたって、平然としてればいい」

「──」

思いのほか強い口調でいってしまってから、はっと我に返った。太一が驚いたように目を瞠《みは》って苦笑する。

「大丈夫だよ。そんなことといったら、お兄ちゃんと亮介が気にするから。でも、真紀にそういってもらったら、元気がでたな。淋しいのはほんとだから」

「……そ、そうか」

出すぎた真似をしたようで、気まずい。つい先日まで喧嘩《けんか》口調で話していた相手なのに、いったいなにをしているのか。

自分が空回りしたように思えてならなかったが、太一はなぜかうれしそうだった。はにかんだような笑みを浮かべる。

「……あのさ、これからたまに真紀に聞いてもらってもいいかな。亮介のこととか。家にいて、少し疎外感覚えて淋しいこともあるから」

へ？

意外なことをいわれて、目が点になりそうだった。なんで俺が太一の相談にのらなければいけないのか。しかし、年上の余裕のある元カレなら、そういうこともしたりするのかもしれない。

それに原因である亮介は従兄弟だし——なによりも、太一が「淋しい」と口にだすのを、真紀はなんとなく放っておけなかった。

「いいよ。俺にできることなら」

太一は「ありがとう」と礼をいってから、ふとおかしそうに口許をゆるめた。

「なんだよ?」

「ん——真紀って、いつもそうなんだよな、と思って。怒ってるみたいに口が悪いのに、なんだかんだいって親切だから」

「悪かったな」

「ほめてるんだよ。真紀のいいところだから」

そんなふうに笑顔でいわれると、照れくさくて、閉口してしまう。太一はすぐにひとをほめる。つきあっているときは、そのストレートさが好きだった。おおらかで、素直で、思ったことをすぐに口にだして、ひねくれたところなんて微塵《みじん》もなくて。刺々《とげとげ》しくなってしまう自分と正反対だったから。

なのに、なんで……。

会話が途切れた直後、ちょうど電車が揺れて、真紀は「あ」と体勢を崩した。ただでさえ近すぎる太一との距離がもっと接近してしまう。

「ごめん」

太一が真紀の顔を覗《のぞ》き込むようにした瞬間、なつかしい匂《にお》いが鼻をかすめた。シャンプーの香りなのか、太一のつけているフレグランスなのか。その匂いにつつまれて眠ったこともあった——と思い出した途端、からだの芯《しん》が不意打ちで熱くなった。

車内にアナウンスが流れて、太一が降りる駅が近づいてきたのがわかって、ほっと胸をなでおろす。……これ以上一緒にいたら、心臓に悪い。

電車が止まると、太一はあらためて真紀の顔をまっすぐに見つめた。

「真紀。今日はありがとう。亮介とお兄ちゃんのことで、真紀が俺の味方になってくれるなんて思わなかったから、うれしかった」

——すぐにお礼をいうところも変わらないんだな、と思う。

「いいよ、べつに」

真紀は顔をそむけた。そっけない声しかでなかったのは、なにかほかにいったら、わけのわからない感情があふれてきそうだったからだ。

「じゃあ、また」

電車が駅に着き、太一は軽く手を振りながら扉から出ていった。その背中が階段のほうへとホームを歩いていくのを見送る。

電車が走りだしてから、一気にからだの力が抜けて、真紀はこつんと扉の窓に額《ひたい》を押しつけた。

余裕のある年上の元カレ——そんな仮面が長続きするはずもない。なつかしい匂いに抱きしめられたときの記憶を甦《よみがえ》らせたからか、いつのまにか心臓の鼓動が早くなっていた。

なんで別れたんだっけ……。ブラコンというのは気になったけれども、別れるほどじゃなかった。どうして自分から別れを切りだしたのか。

いったん視線をあげかけたものの、真紀はまたすぐに扉の窓に額を押しつけて下を向く。顔をあげたくなかった。耳が熱い。たぶん自分はいま、真っ赤なフードをかぶったみたいに、みっともないほど赤くなっているに違いなかった。

◇　◇　◇

浪人生活をはじめてから少し傷も癒《い》えた頃、真紀は予備校講師に振られたことを従兄弟の亮介にだけは正直に話した。そういった好みは遺伝するのか、亮介も男を恋愛対象とする人間だったからだ。

「へえ、真紀ってしっかり青春してたんだな」

真紀が講師との恋愛の顛末《てんまつ》を語り終えたとき、亮介はちょうど山となった家族の洗濯物を畳みながら「うらやましい」と呟《つぶや》いた。

「……ひとの不幸をうらやましいってなんだよ」

「真紀は贅沢《ぜいたく》だよ。俺の姿を見ろよ」

見ろよ、といわれても——高校生の当時から、亮介は野性味のなかにも甘さのあるような、雰囲気のある美男だった。だが、彼の家は母子家庭で、年の離れた双子の弟たちがいた。中学高校にかけて、亮介は幼い弟たちの世話に明け暮れ、「俺の青春はどこだ」と嘆く苦労人だった。

「真紀は失恋できるだけいいっていってるんだよ。俺なんか、デートしようにも、この年でこぶつきなんだから」

「双子はおまえの子じゃないだろ」

「こいつらが俺のお出かけについてこないでいられると思うか。絶対に無理」

苦虫を嚙みつぶした顔を見せる亮介の背後では、幼児《ようじ》の双子が「亮ちゃん亮ちゃん遊んで遊んで」と二重奏で叫び、「えいっ」と容赦なくタックルしてくる。

双子は名を秀巳《ひでみ》と和巳《かずみ》といい、黒々とした髪と黒目がちな目は、兄の亮介のミニチュア版みたいにそっくりだった。ということは、従兄弟の真紀にもよく似ているのだ。

母親に赤い服ばかり着せられ、ひそかに「赤ずきんちゃん」と呼ばれていた子ども時代を思い出すので、真紀は双子を見るたびに自分の恥ずかしい過去をリアルタイムで再生させられているようで落ち着かない。

「俺はもう自分のことはあきらめてるよ。こいつらが独り立ちするまでは」

目を細めて、しがみついてくる双子たちの頭をなでる亮介は、血気盛んな男子高校生とは思えない、菩薩《ぼさつ》のような表情をしていた。

おまえは子育て期の達観した主婦か――とツッコミを入れたいのを真紀はなんとか堪《こら》えた。両親が揃《そろ》っていて甘やかされてきた自分と違って、片親の亮介が苦労してきているのは誰よりもよく知っていたからだ。

「亮ちゃーん」と叫ぶ双子に、亮介が唇に人差し指をたててみせる。

「俺たちは大事な話をしてるんだから。秀巳も和巳も、しばらく『しーっ』な」

ふたりは互いに顔を見合わせて、「しーっ」と同じしぐさをすると、沈黙の指令が下されたとばかりに目をきらきらとさせて唇を結び、「ぼくたち、黙ってることできるんだよ」とアピール。

「えらいな。少しのあいだなら、黙っていられるようになったんだもんな」

馬鹿兄の亮介に褒められて、双子は口を結んだまま「うんうん」と頭を激しく上下に振る。

……なんだ、こいつら。

一人っ子の真紀は、亮介と双子たちのこういった寸劇のような一場面を見せられると、どう反応したらいいのかわからなくて居心地が悪い。

親戚《しんせき》たちの前でこの「兄弟、愛の劇場」がくりひろげられると、大人たちは手を叩《たた》いて大喜びなのだが、真紀はひとり複雑になっていつも顔をしかめてしまう。

双子がかわいいのはわかる。だが、こいつらはまだなにも知らない。

亮介やら周りのひとたちに思う存分愛されて、天使みたいになにも疑うことのない目をしている。いつかは自分みたいにひとに裏切られることを知って傷ついてしまうだろうに……そう考えると、内心はかわいいと認めつつも、真紀はついつい双子たちを「チビども」とこづきたくなってしまうのだ。意地悪な人間もいるんだと知っておいたほうがいい。愛のむちだ。

「まあ、その先生のことは残念だったけど、大学行ったら、きっと真紀には新しい出会いがあるよ。だからお互いに受験頑張ろうな。真紀に似合うひとが見つかるといいな」

ひとつ年下の亮介と同学年になってしまうのはひそかに気にしているところだったが、相手になんの気なしにさらりといわれると、真紀も「そうだな」と頷くしかなかった。

それにしても亮介のこのバイタリティはなんなのか。働く母親の代わりに中学のときから子守りが当たり前で、学生服姿で大根がはみでたスーパーの袋を両手にひっさげて、ときにはオムツの特売にすら走る年配の主婦みたいな生活を強いられてきたのに。

「こんな状況で……おまえはなんでそんなに前向きなわけ？」

「なんでって、俺がいまここで立ち止まってしまったら、弟たちの子守りで青春が終わるじ

ゃないか。そんなことは許されない。大学行ったら、俺のほんとうの青春が待ってる」

亮介のよく口にする「青春」が具体的になにを示しているのか不明だったが、それはとにかく希望に満ち溢《あふ》れていて輝かしいものらしい。

「おまえ、図太いな」

真紀にしてみれば「逞《たくま》しい」という意味の褒め言葉のつもりだったのだが、己の細く尖《とが》った声で口にすると、嫌味みたいに聞こえることに気づいて後悔する。

従兄弟で真紀の性格をよく知っているからか、亮介は気を悪くしたふうもなく笑っただけだった。

「こんな状況で、図太くなくてやっていけるとでも?」

なるほど——多感な時期に恋をするひまもなく、弟たちのオシメをかえてきた男はさすがにいうことが違う。

真紀も亮介ほどには夢を見てはいなかったが、受験が終わって大学に進学したらなにかが変わるような漠然とした期待はもっていた。あの頃はまだ——。

無事に第一志望の大学に合格したあと、新たな学生生活がはじまり、出会いはそれなりにあった。しかし、いつもなにかが噛みあわなくて、真紀は誰ともつきあうところまではいかなかった。

構えているつもりはないのだが、無意識のうちにまた傷つけられるのではないかと警戒してしまう。それが近づきがたい印象を周囲には与えていて、敬遠されるたびに真紀の身にまとった鎧はますます硬くなる――そのくりかえし。

大学に入った最初の年は期待していたようなことはなにも起こらなかった。がっかりするよりも、「やっぱり」という気持ちのほうが強くて、どこかで安堵《あんど》すらした。ほらね、どこにも夢のような出会いなんてない、と。

太一に出会ったのは、大学二年になった春だった。母親の再婚が近づき、ようやく青春を謳歌《おうか》しはじめていた亮介に、「真紀もたまには気分を変えたほうがいいよ」と同じ趣味の男たちが集まるバーに飲みに誘われたのだ。

「いいよ。俺は……ああいうところ苦手だから。知ってるだろ?」

「俺が一緒なら大丈夫だから。今夜はそういう出会い目的じゃなくてさ。わいわいと楽しみにいくだけ。俺のそばにいたら、変なやつに声をかけられることもないから」

まあ亮介が一緒なら――と渋々ながら顔をだしたのは同年代の若い男たちが集まる、明るい雰囲気の店だった。その日は金曜日だったので客も多く、店内はにぎわっていた。

大学入学当時に何度か出会いを求めてきたことがあったものの、性に合わなくてすっかり足が遠のいていた。こういった店で出会う男たちが距離を詰めるスピードは速くて、真紀のゆっくりペースでは感情が追いつかない。

亮介は顔が広かったので、店内では次から次へと知り合いが声をかけてきた。そのたびに紹介されて少し話したが、いくら亮介の友人とはいえ、出会い系の場所では欲望が絡むのはあたりまえで、ちらちらと値踏みするような視線に疲れてしまった。

「真紀。友達、紹介する」

呼ばれたときには「またか」と思った。

どうせ自分には合わない。早く帰りたい。もう帰る——そう思っていたときに、真紀の前に現れたのが太一だった。

「——亮介の従兄弟？　綺麗な子だね」

その瞬間、男たちのひそやかな欲望が蠢《うごめ》くバーのなかで、太一の周辺だけふんわりとした春風が吹いているように錯覚して、真紀は瞬《まばた》きをくりかえした。

派手な服装や髪形をしているわけでもなく、ごく自然に立っているだけで目を引くような涼やかな存在感——こういうタイプは夢のなかで何度か思い描いたことがあるが、現実には滅多にいない。

「久遠太一です。よろしく」

爽やかに笑いかけられて、心臓の真ん中を射貫《いぬ》かれたみたいに感じながら、「よろしく」と声を絞りだした。あわてて目をそらしたのは、まともに顔が見られなかったからだ。

「——太一、真紀を頼む。俺、ちょっと外すから」

ちょうど亮介が他の友人に声をかけられて去ってしまったので、真紀はその場に取り残された。「座ろ?」とカウンターの席に誘われて、おそるおそるスツールに腰かける。

「こういうとこ苦手? 心細そうな顔してるけど」

「……べつに」

このときほど、己のコミュニケーションスキルのなさを呪ったことはない。しかし、出会いの場に慣れてないので、なにを話したらいいのかわからない。

とりあえずこれ以上印象が悪くならないうちに離れよう、と焦って立ち上がろうとしたとき、太一が腕をつかんできた。

「大丈夫だよ。警戒しなくても。話したくないなら、黙ったままでいいから。でも、ここにいて。亮介が戻ってくるまで。俺のそばにいれば、ほかのやつに声かけられないから」

「――」

「亮介に『頼む』っていわれたから。俺の顔をたててくれないかな。お願い」

やさしい顔をしているのに、腕をつかんでくる力が思いのほか強くて、そのギャップになぜか耳もとがじわじわと熱くなるのを感じながら、おとなしくスツールに座りなおした。

「ありがと」

ふわりと笑いかけられて、真紀はうつむく。黙ったままでいいといわれても、さすがに気まずくなって顔をあげると、じっとこちらに向けられている視線と目が合った。なにかいわれるのかと思ったが、太一は無言のままはにかんだように笑っただけだった。気になって、こちらから思わず口を開かずにはいられない。

「……な、なに？」

「いや。やっぱり少しだけ話してもいい？　亮介が戻ってくるまででいいから。話したい。もったいなくなった」

もったいない？

そんなふうにいわれては頷かないわけにはいかなくて、真紀は「い、いいよ」と答えた。すると、太一はうれしそうに「役得だ」と笑った。

役得って、なに？　俺と話すのが？

頭のなかまで妙な熱に侵されていくのを感じながら、真紀はぼんやりと太一の顔に見惚れた。

じっくりと相手を知ってから好きになる。こういう出会いの場所は自分には合わない。高校のときみたいに決して一時の情熱でのぼせたりはしないのだ。痛い目にあったし、学習した……。そう思っていたにもかかわらず、いきなり感情の沸点がきた。

運命の相手だ——本気でそう思った。

「え、太一に興味あるわけ？」

てっきり太一を紹介してくれたのはそういうつもりかと思っていたのに、真紀が後日、「どんなやつなの」とたずねると、亮介は最初「うーん」と渋い顔をした。

「どんなって……いいやつだよ。見た通り、そのまんま」

バーで出会った夜、亮介が戻ってくるまでのあいだ、カウンターで少しだけ話をした。「ひとつ上なんだ。じゃあ真紀さんて呼んだほうがいいかな」といわれて、「真紀でいいよ。亮介だってそうだし」と答えると、太一はにっこりと微笑んで「真紀」と甘い声で呼んでくれた。

ひそかにのぼせて鼻血がでてしまいそうだったが、その晩はなんとかクールにやりすごした。携帯番号やメアドを交換したところ、翌日には太一から「昨夜《ゆうべ》は話せて楽しかった」とメールがきて、すっかり心が浮足立ってしまった。

早速、バイトの休憩中に情報収集しようとしたのだが、亮介は真紀が太一に興味をもつことに賛同しかねる様子だった。

「太一はたしかにいいやつだけど……でもモテるよ？」

「――」

従兄弟の恋愛スキルが決して高くないことを知っている亮介としては、おススメできない物件らしい。

「じゃあなんで紹介したんだよ」

「紹介って……このあいだは、ほんとにそういう意味じゃなかったから。友達に会わせただけのつもりだったんだよ。真紀もああいう場所で出会うのは苦手だっていってただろ？　だから、みんなにいっておいたんだよ。俺の従兄弟だから変なちょっかいださないでくれって」

「太一にも？」

「もちろん」と力強く頷く亮介を、なんて余計なことをいってくれたのだと睨みつける。

「だって、あいつ、ぱっと見は爽やかに見えるだろうけど、羊に見えてオオカミっていうか、けっこう肉食っていうか」

「遊んでる？」

「え。いや、まあ——モテるから、それなりに……俺と違って、早い時期から青春してるっていうか」

親友をはっきりと悪くいうのはためらわれるらしく、亮介は言葉をにごした。

亮介が自分を心配しているのはわかっているので、一気にクールダウンして、真紀は「そうか」とうなだれる。また高校のときの予備校講師みたいに、必死に想いをぶつけても、「重い」とかわされてしまうパターンか。

「まあ、真紀は綺麗な顔してるから、あいつの好みだとは思うけど」

「そうなの？」

「うん。面食いなんだよね。っていうか、あいつのお兄ちゃんが王子系の美形らしくて、それが最低基準値になってるっていう、かわいそうなヤツなんだけど。重度のブラコンだし」

俺から見ればおまえだって将来が心配になるほどのブラコンなんだが――と亮介に自覚症状がないことに唖然《あぜん》としながらも、その亮介がいうのだから、太一はそれをさらに上回る重症なのだろうと察した。

面食いでブラコン。羊に見えてオオカミ。見合いの紹介書に書かれていたら、確実に不可と烙印《らくいん》を押したくなる情報ばかりだったが、太一が疵《きず》一つない完璧な人間だといわれたら気おくれしてしまうので、却《かえ》って希望がもてた。

「でも、俺は気になるんだ。大学に入ってから、そういう相手がいなかったし」

真紀が真剣なのを見てとったのか、亮介は気がすすまなそうにしながらも「じゃあ、真紀がもう一回会いたいみたいだよって伝えてみようか?」と申し出てくれた。

その後、意外にもこちらから伝えるよりも早く、太一のほうから「ちょっかいだすなっていわれたけど、真紀と会ってもいいかな」と亮介に了解を求める連絡があったといい、話はとんとん拍子にすすんだ。

真紀が出会い系のバーで居心地が悪そうにしていたからか、初めてのデートはまるで高校生みたいに休日の昼間に映画を見にいこうと誘われた。映画が好きだという真紀の好みをすでに亮介からリサーチずみだったのだろう。

待ち合わせ場所の昼の光のなかで見ると、太一のすっきりと整った容姿はますます爽やかで、真紀は向き合うだけでぽーっとのぼせてしまい、なにもいえなくなった。

「——ありがとう」

顔を合わせるなりお礼をいわれて、「え」と目を丸くする。

「真紀も俺に会いたいっていってくれるとは思わなかったから。亮介に『いいかな?』って聞いたときに『真紀もみたいだよ』っていわれて、驚いた。やっぱり俺から先にいっておいてよかった」

「……俺が会いたいっていうと意外?」

太一は「うーん」と首をかしげてから、悪戯っぽい顔つきになった。

「正直なところ、相手にされないかと思ってた。このあいだも、あんまり話してて気に入ってもらった気がしなかったから。途中、無理やり話をさせたから、怒ってるのかなって思ったくらいだし」

「それは……そういう口調なだけだから」

本音でしゃべったら恋愛トラウマもちの超絶ネガティブ野郎だとバレるから——という告白は心のなかにそっととどめる。

「そうなんだ。——かわいいよね」

え? なにが?

きょとんとしたが、太一がすぐに「そういえば、このあいだ……」と何事もなかったようにべつの話題を話しだしたので聞きそびれてしまった。空耳？　もう一回リピート——と心のなかでリクエストしてみても応《こた》えてもらえるわけもない。

その日は映画館を出てから、それぞれ自分たちのことを話したが、亮介という共通の親しい人間がいるからか、話題に困ることもなかった。あっというまに時間が過ぎて、夕飯を食べたあと、ぶらぶらと歩いているうちに少し休もうといわれて近くの公園に入った。

なんだか時間が過ぎるのが早いと思いながらベンチに腰を下ろすと、太一がペットボトルの飲み物を買ってきてくれた。「ありがと」と真紀が受けとって礼をいったところ、太一は「どういたしまして」と笑う。

その笑顔に、胸が不規則な鼓動を覚えた。

ずっと恋愛するのが怖かったはずなのに、その日はどういうわけか過去のトラウマも忘れていた。自分が頑張っているせいなのかと思ったが、太一のこの笑顔のおかげなのだと気づく。

太一が自分に会えてうれしいと素直に態度で示してくれるから、真紀も緊張することなく振る舞えるのだ。

今度こそ、うまくいくかもしれない……。大学生になっても好きなひとなんてできないと思っていたけれども、太一なら——。

「次は真紀の家に遊びに行ってもいい？　ご両親、海外なんだよね」

次も会えるといってもらえたことがうれしくて、すぐに「いいけど」と頷いた。

「じゃ、約束」

太一は笑いながら真紀の手をとると、指切りをしてきた。先日、腕をつかまれたときの力の強さを思い出す。ほっそりとした優男に見えるけれども、太一の手は大きくて、指がすらりと長かった。

指をからめられたときに胸がドキリとしたものの、きっちりと指切りをさせる子どもみたいなしぐさが双子を連想させて、ふっと口許に笑いが漏れた。

亮介の家の双子たちも、なにかというと、「約束」とひとに指切りをせがむのだ。絶対に破っちゃだめなんだよ、という目をして。真紀はいつも「うるさい、チビ」といってしまうのだけれども……。

「……かわいい」

自分の心の声が漏れたのかと思った。だが、違った。

目線をあげると、太一の顔が間近に迫っていた。「かわいい」と甘い声で口にしたのは太一だった。

昼間のあれも空耳じゃなかったんだ——とぼんやり考えているうちに、突然肩を抱き寄せられた。そのまま唇にキスされて、片手にもっていたペットボトルが地面に落ちる。

「――」

一瞬、なにが起こったのかわからなかった。唇が離れたとき、真紀のびっくりまなこに映ったのは、相変わらず涼やかな太一の顔だった。先ほどと表情はまるで変わっておらず、興奮している様子もない。にもかかわらず、夜の公園の外灯の下だからか、その目が妙に底光りをしているように見えて、真紀はひそかに慄《おのの》いた。

まさかいきなりキスされるとは思わなかった。だって、ついさっきまで、そんなそぶりもなかったのに。子どもみたいに指切りをして……。

ごくんと息を呑《の》む。興奮をあらわにしてくる男のほうがまだわかりやすかった。初めて遭遇する、得体の知れない未知の獣のそばにいる気分。

真紀の困惑を読みとったのか、太一はかすかに苦笑した。

「平気？　汚れなかった？」

「え？」

「――足」

真紀の足元に落ちたペットボトルを拾い上げて立ちあがり、太一は自販機のそばのゴミ箱へと捨てにいく。

「ほとんどこぼれちゃったね。まだ飲む？　なにがいい？　買ってくるから」

何事もなかったようにたずねられ、真紀は「いらない」とやっとのことでかぶりを振った。

「じゃあ、そろそろ帰ろうか」の言葉に、あわてて頷いて立ち上がる。あまりにも真紀の動きがすばやかったからか、太一は少し目を丸くしてみせたあと、おかしそうに笑った。並んで歩きだしてしばらくしてから、「ごめんね」と謝られた。

「早く自分のものにしなきゃ、真紀をほかのやつに奪われると焦ったから」

そう……となんとか声をしぼりだしながらも、冷や汗がどっとあふれだした。それを気《け》どられないために目をそらす。

「羊に見えてオオカミ」——最初に忠告してくれた亮介の言葉が、いまさらながら頭のなかに浮かび上がる。たしかに、これはちょっと手ごわいかもしれないと思った。


その翌週、太一は約束通りに真紀の家に遊びにきた。「お邪魔します」と太一が家の玄関をあがってきて、「はい、これ」と手土産のケーキを渡してくれたときから真紀は緊張しまくっていた。

受け取った中身は、真紀が先日の会話のなかで一度食べてみたいと口にだした洋菓子店のモンブランだった。さすがモテるだけあって気が利《き》く。

リビングに通して、お茶とケーキを運んだが、ソファで座って待っていた太一に苦笑されてしまった。

「いくらご両親がいなくても、ここじゃ家庭訪問にきた先生みたいな気分で落ち着かないんだけど。真紀の部屋が見たいな。駄目？」

たしかに家のリビングで太一と向かい合ってすましてケーキをつつくのはなにかが違うような気がして、真紀は二階の自室に通した。

部屋の中央に置いてある小さなテーブルに斜めの位置で向かいあいながら美味《おい》しいはずのケーキを食べたが、味がほとんどわからなかった。太一があれこれと話題を振ってくれても、「ああ」「そう」としか答えられず、すっかり心ここにあらずだった。

実は先週、太一との初デートのあと、いいようのないモヤモヤを感じて、真紀はネットで片っ端から恋愛相談を見て回ったのだ。

初めてのデートでキスされた。べつにいやじゃなかった……けど。

「初めてのデート」「キス」で検索して出てきた相談内容と回答に目が釘《くぎ》づけになった。

『彼が本気かどうか不安』

『カラダ目当てなんじゃないかしら』

『初めてのデートでキスをしてはいけません』

え、そうなのか——と、青くなったり赤くなったりしながらネットの記事を延々と読みふけり、気がついたときには明るくなった窓の外からチュンチュンと朝を告げる鳥のさえずりが聞こえてきたのだった……。

男同士で出会い系の場所で知り合えば、その晩にも深い関係になることもあるのだろう。だが、真紀にはそんな経験はないし、過去の予備校講師とだってキスするまで何回かふたりで出かけて、交際自体は三か月で終わったけれども恋愛関係になるまではそれなりに時間があった。もちろん太一との関係にも、刹那《せつな》的なものなど求めてはいない。きちんと真面目におつきあいしたいのだ。

しかし、二十歳《はたち》になるのに経験がないと知られるのも、太一に面倒くさいやつと思われるのもいやだった。もう過去と同じ轍《てつ》は踏みたくない。どうしたら……。

「真紀？　具合でも悪い？」

ぐるぐる考えていると、さすがに態度がおかしいと気づいたのか、太一がさぐるような視線を向けてきた。真紀は「大丈夫」とかぶりを振った。

太一は「そう」と頷いたものの、いぶかるような目つきを崩さない。

「もしかして――亮介からなにか俺の悪い話を聞いてるの？」

「え」

とっさに「いや」とは否定できずに、真紀は表情をこわばらせた。太一は「やっぱり」といいたげに苦笑する。

「あいつ、なんていってたの？　俺のこと」

「………羊に見えてオオカミだって」

言葉を濁さずに伝えたのは、いいわけをしてほしかったからだ。ところが太一は気を悪くした様子もなく、「そっか」と否定も肯定もしないまま笑っただけだった。

「そう……なのか？」

太一は瞬きをくりかえして真紀を見つめたあと、反対に問い返してきた。

「真紀はどっちだと思う？」

「………」

その切り返しで、自分が望んでいるのと反対なのだと察した。

どう答えたらいいのかわからなくて躊躇《ちゅうちょ》していたら、いきなり手を握られた。やっぱり力が強い。握力がどうのこうのとか、とくに力を込めているからとかではなく、なんの迷いもなくふれてくるせいなのだと、そのとき初めて気づいた。

そのまま引き寄せられて、すっぽりと腕のなかにつつみこまれるように抱きしめられる。耳もとをくすぐる囁《ささや》き。

「真紀がいやだったら、羊になるし。いいっていうんだったら……」

ふざけているみたいに「がお」と口を大きく開けて見せて、太一は破顔する。

なおも固まっている真紀を見て、少し照れくさそうに目を伏せると、腕のなかから解放した。

「意地悪しちゃった」

冗談なのか、本気で口説かれているのかわからなくて、反応に困る。

どちらにしても、真紀は頭から足のつま先まで体温が尋常ではないほど上昇してしまっていて、笑いとばすことすらできなかった。ほんとうのことをいえば、少し怖かった。

太一はふっと笑いを消して真紀を見つめると、再びはにかんだように目を細めた。

「つきあおう？」

いきなり申し出られて、すぐには声もでなかった。亮介の従兄弟だからいいかげんなことはできないと思ったのか。

「真紀はきっとそういうのきちんとしたいひとだよね。真紀のこと、最初見たときから好きです。俺とつきあって」

一瞬の空白のあと――。

「……いいよ」

のぼせた頭が勝手に答えた。どうせ自分にはこれ以上駆け引きめいたことなどできなかったから、あれこれ考える理由がなかった。

「どっちの答え？　つきあうこと？　それとも――」

「…………」

きちんと声にだして答えることができたのか覚えていない。ただ太一がそっと唇を寄せてきたので、伝わったことはたしかだった。

「かわいい」

甘えるようにのしかかってくる体温——たしかに肉食だけど、キスも吐息も、ふれてくる指先も、なにもかもがやさしくて、蜜《みつ》みたいに甘かった。

普通に慣れたふりをしなきゃ、また重いと嫌われる——とからだをこわばらせていたが、太一の手つきには乱暴なところはなくて、抱きしめられながらキスされているうちに、いつのまにかシャツのなかに手を入れられて肌をなでられていた。

敏感な部分にふれられて、真紀はびくっと震えた。

「いや？　いやだったら、しないから」

尖った乳首に指を置いたまま、太一はぴたりと手を止める。

ほんのかすかに堪えるように太一の息が乱れていた。キスしてくるときにはいつもどおりの甘い表情なのに、さすがに興奮を隠しきれないのか——生の感情にふれられたようで、なぜかぞくりとしてしまう。

そんな状態で「ごめん。キスだけさせて」とやわらかく耳を食《は》まれれば、真紀は腰の力が抜けてしまってどうしようもなかった。

怖いのに……恥ずかしいのに、からだの芯が熱く疼《うず》く。

真紀が「や——」と小さく呻《うめ》いた途端に、太一はもう一度「ごめんね」といいながら首すじに吸いついてきた。

「……かわいい、ほんとに」

シャツを押し上げて、手が動いた。指の腹で乳首をこすられ、やわらかく揉《も》まれて、真紀は「は……」と熱い息をこぼす。

綺麗な長い指なのに、いやらしく動く。眩暈《めまい》がしてしまって、あとはもうなにも考えられなかった。


それでも結局、その日は最後までしなかった。

以前、予備校講師と何回かキスはしたし、一方的に肌をさわられたこともあったが、真紀は未経験だった。

もし不慣れだと気どられたら、また避けられてしまうかもしれない。重いと思われないように、あれこれ心配していたのだが……。

「――こういうこと、苦手?」

行為の途中でたずねられて、「ちゃんとするのは初めてだ」とはいえなくて、「あまり好きじゃない」と答えた。

後ろの部分を軽くさぐられて、「……ここも狭そうだね……」と呟かれたときは、ばれてしまったのかと思ってカアッと全身が焼けたみたいに熱くなった。ぶるぶると震えだしてしまいそうなのをなんとか堪えていると、太一は動きを止めた。

「大丈夫。いやなら、ほんとになにもしないから」

それでも真紀も若いだけにすっかり下腹のものは反応していたし、途中で止《や》められたらどうしていいのかわからなくて泣きそうになった。

太一は真紀の表情を確認すると、用心深くたずねてきた。

「手でするだけなら……平気？」

この状態で放りだされたら、また悪夢がよみがえってしまう。初心で重いタイプだとわかった途端、からだを重ねようとはしなかった予備校講師のトラウマが。

真紀が「平気」と答えると、太一は「ごめんね」といいながら手でふれてきた。なんで謝ってばかりいるんだろう、と不思議だった。

「……あ」

「——ここ？　気持ちいい？」

弱いところばかり集中的にこすられて、真紀は顔を真っ赤にして泣きそうになるのを堪えた。

「……や……や……あっ」

達してしまったときには、太一の手を体液で濡《ぬ》らしてしまったことが恥ずかしくてたまらなかった。

息を荒くして震える真紀をじっと見つめていたかと思うと、太一はその手をそっと引っ張った。

「――さわって」

硬くて、大きな質量を手に感じた途端、頭の中がくらくらして、わけがわからなくなった。他人のそんなところにさわったのは、もちろん初めてだった。いくら自分のもので知っているとはいえ、まったく感覚が違う。

「……大丈夫だから。……さわってくれてるだけでいいから」

やさしく語りかけてくる声に「う……うん」と心細いまま頷きながら、真紀は目をつむった。これ以上見てしまったら、羞恥《しゅうち》でおかしくなりそうだったからだ。

太一は真紀の首すじにキスしたり、乳首を舐めたりしながら、真紀の手に自分の手をかさねて硬くなったものを刺激していた。やがて飛沫《ひまつ》で肌を濡らされたときには、どうにかなってしまうかと思った。初めて他人の体温を感じながら覚えた快感はとてつもなく甘くて、脳みそがとろけてしまいそうで怖くなる。

行為が終わったあと、太一はぼんやりとしている真紀を抱きしめてきて、「少し眠ろう」と一緒に布団のなかにくるまった。

「……真紀は、うちのお兄ちゃんと似てるかもしれない」

太一は真紀の首すじに鼻をうずめながら満足そうにそんなことを呟いた。

初めて一緒に寝てるというのに、その台詞がでてくるとは。噂《うわさ》に聞いてはいたけど、さすがブラコン……。

軽くショックを受けながらも、そういう生き物は亮介と双子兄弟で見慣れていたので、腹立たしくはなかった。それでも真紀が少しばかり唇をへの字にしていると、太一は「あ」としまったというような顔をした。

「ごめんね。気がきかないことをいった」

「——お兄さんのこと、そんなに好きなの?」

太一は「うん、まあ」と言葉を濁した。

「……おまえはいつもそれが駄目だっていわれてるんだけど。友達にも注意されてて……相手をがっかりさせるって」

なるほど、つきあう男をお兄ちゃんと比べずにはいられないのか。外見的な要素だけでもモテるだろうし、こんなにやさしいのに、フリーの理由を察する。

だけど、真紀にしてみれば、マイナス要素があることに、あらためてほっとしてしまった。自分も駄目なところがいっぱいあるから。

「……そんなことないよ」

俺もそうだから——と思いながら真紀が呟くと、太一は驚いたような顔をしたあと、「ありがとう」と笑った。

「真紀……仲良くしていこうね」

抱きしめてくる体温があたたかくて、泣きそうなくらいに幸せで——そのときはなんの迷いもなく「うん」と頷くことができた。行為が中途半端で終わってしまったことも、たいして気にならなかった。


真紀が最初に「お兄ちゃん」のことを聞いてもさほど気を悪くしなかったからか、太一はそれから会うたびに兄の話をするようになった。

初めは「どうして俺はこんなにブラコンに縁があるのか」ぐらいに思っていたが、その後もことあるごとに「お兄ちゃんが、お兄ちゃんが」といわれ、さすがにもやもやしたものを感じるようになった。

「お兄ちゃんは偉いんだよ。俺のことをずっと親代わりに育ててくれて。……だけど、自分のほうが子どもみたいなんだけどね。それでも、やるべきこととか、仕事とかはしっかりしてて」

噂のお兄ちゃんとやらは、王子系の美形で、天使のように穢《けが》れのない性格をしているらしい。そんなこの世に有り得ないようなモノに似てるといわれても、自分がまったくかけ離れていることがよくわかっていたのでうれしくもなんともなかった。

「つきあおう」といってもらって、肌をかさねたことで薄れていたマイナス思考が、太一と会うたびに徐々に甦ってきてしまった。

だが、交際がうまくいかなくなった決定的な理由は、太一が「お兄ちゃん」を連発したのが原因ではない。

最初から真紀にとって太一は行動パターンがつかめない未知の獣みたいだった。でも、つきあっていけば、だんだん理解できると思っていた。それなのに、会えば会うほど混乱した。

なぜなら――太一はその後、まったく真紀にふれようとしなかったからだ。

あんなに手が早かったのに、家に遊びにきた日以来、キスすらされなくなって、真紀は内心パニック状態だった。まるで肉食動物から草食動物への退化を目《ま》の当たりにさせられているようでもあった。

自分がセックスを「あまり好きじゃない」といってしまったからだろうか。でも、最後までしてないのに？　手でさわりあった一回だけで、飽きられた？　つまらなかった？　……身体が好みじゃなかったとか？

さまざまな可能性を想像しただけで心が折れてしまいそうだったが、以前のように暴走することだけは堪えた。太一は一目惚《ひとめぼ》れした相手だったし、うまくつきあっていきたかったから、真紀なりに努力もしてみた。

「……しなくていいのか？　家にこなくても」

自分から誘いかけるなんて、恥ずかしくてどうしようもなかったのに、赤面しないでその台詞をいえるように事前に家で何度も練習した。しかし、そんな必死のダイブにも、太一の反応はいまいちだった。

「ん――いいよ。今日は外で遊ぼう？　真紀と一緒に出かけたいところがあるんだ」

「いいの？」

「うん。平気」

……いや、俺が平気じゃないんだけど。

この展開はどこかで見た記憶がある。予備校講師も、真紀が重いタイプだとわかると、決して最後までしようとはしなかった。これ以上、手をだしたら逃げられなくなると思ったのだろう。そしてずるいことに、姿を消す最後の最後までやさしかった。真紀に騒がれたら困ると思っていたから。

このパターン……また捨てられる――？

ひょっとしたら、つきあってみて、あまり相性がよくないと思ったものの、親友の亮介の従兄弟だから、いいだせないのだろうか。自然と距離を置こうとしてる？

疑心暗鬼がふくらみ、太一がいくらやさしい言葉をかけてくれても、真紀は信用できなくなってしまった。つっけんどんな態度をとるようになったのは、過去の恋愛トラウマスイッチが入って、自分ひとりが一生懸命になり、ほんとは「重い」と嫌われていると知るのが怖かったからだ。

しばらくしてから先に別れを切りだしたのは、真紀のほうだった。太一は亮介の親友でもあるし、泥沼になるのは避けたかった。もしも、太一との関係で予備校講師のときのような目に遭ったら、今度は立ち直れそうもない。

「もうやめよう」

真紀がそう告げると、太一は心底驚いた顔をした。

「俺が嫌いになった?」

「性格が合わない」

嫌いになってなんていない。だから嘘はつけなかった。亮介が最初に危惧《きぐ》していたように元から合わなかったのだ。

意外なことに、太一は「別れたくない」と食い下がってきた。

「俺は真紀が好きだけど……一緒にいるのがいや?　悪いところは直すようにするから」

「そういう問題じゃない」

真紀のコンプレックスは、太一のそばにいると、すべて悪いかたちででてしまう。そんな自分を見たくなかったし、太一に知られたくなかった。

「太一はなんでも『お兄ちゃんお兄ちゃん』っていうだろ。俺はそういうの、しんどい。天使みたいな性格って——俺に全然似てないのに、『似てる』とか。嫌味なのかって思う」

一番説明しやすい理由だったので、理想の兄と比べられてるみたいでいやだと訴えると、いままでどんなときでもやさしげだった太一の顔がぴくりと硬くなった。

「嫌味じゃないよ。褒め言葉だ」

「だからって、ベッドのなかでいわれるのはいやだ」

さすがにその一言は効いたのか、太一は「それは……ごめん」と素直に謝った。

「そうか。……やっぱりそれが不愉快だったんだ」

「兄弟思いのところが嫌いってわけじゃないんだ。太一のやさしいところはいいと思うし……でも、俺は駄目なんだ」

真紀の決心がどうしても変わらないと知ると、太一は「俺は真紀にとっていい彼氏じゃなかったみたいだね。ごめん」と謝った。

こちらが一方的に別れを切りだしているのに、謝るのがいかにも太一らしかった。

ただその反面、「別れたいっていわれて、内心ほっとしてるに決まってる」と思わずにはいられなかった。きっと亮介の手前、別れるともいえなくて、もてあましていたんだ。だから、セックスしなかったし、キスすらしなくなったんだ——と。

自ら引いたことで、最悪の事態に陥って傷つくことは回避できたはずだった。

はじめから、自分には少し難易度の高い相手だった。見栄を張らないで、恋愛経験は高校のときに悲惨なかたちで振られた一回しかないといえばよかった。太一に最初のデートでキスされたのもびっくりしたし、二回目のデートでからだを重ねるのもほんとは怖かった、と。そのあとぱったりと手をだされなくなったのは、もっと怖かったし、飽きられたのかと心配でどうしようもなかった。……そういう小さな不安がつもりつもって、そばにいるのがどうしてもしんどかったのだ、と。

そこまで考えて、真紀は「いや、いわなくて正解だった」と心のなかで静かに首を振るのだ。自分でいうのもなんだが、こうして並べ立ててみると、重い、ウザイ、繊細すぎて乙女か、とツッコミたくなる。

こういうことをぐるぐると考えなくなるようになったら、また恋愛をすればいいのだ。いい勉強になったのだから、これで良しとしなければ——と、予備校講師のときと同じように、太一との交際は真紀のなかで黒歴史として封印されるとともに今後の教訓となった。

もう綺麗さっぱり忘れるはずだったのに、去年の秋過ぎからバイト先で太一が一緒に働くようになったため、バイトにいくたびにチクチクと痛い思い出を甦らせる羽目になってしまった。

だが、少なくとも一緒に働きはじめた頃は、ふたりの関係もさほど険悪ではなかった。真紀はなるべく太一と口をきかないようにしていたし、太一は真紀に対するときもほかの皆と接するのと変わらない態度を貫いていたからだ。

関係が悪化したのは、太一が「お兄ちゃんにゲイだって知られたらどうしようか」と亮介に悩みを相談しているのを聞いてしまったのがきっかけだった。

この懲りないブラコンめ——と思って、つい横からよけいな口をだしてしまった。

「太一はお兄ちゃんを大好きだっていってるわりには信じてないんだな」

本心では「お兄ちゃんを好きなら信じろよ。偏見もつわけないよ」とアドバイスするくらいの気持ちだったのだが、日頃から刺々しい口調で話すことに慣れているので、相手にはとてもそうは聞こえなかったらしい。

「真紀にいわれなくたって」

珍しく太一が睨んできたので、真紀は驚いた。太一が自分に限らず、他人に攻撃的な表情を向けることはめったになかったからだ。

「俺はお兄ちゃんをちゃんと信じてるよ。真紀には一番いわれたくない」

太一はいつになくムキになっており、真紀は真紀で、「一番いわれたくない」という台詞にカチンときた。

「だっておかしいだろ。日頃天使みたいだっていってるんだから。なんでも許してくれるはずだろ。それとも天使みたいだっていうのが嘘だったのか」

「真紀はお兄ちゃんのことを知らないだろ。黙っててくれ」

亮介があきれた顔で「まあまあ、ふたりとも」と仲裁に入ってくるまで、真紀と太一は睨みあった。

それ以降、別れるときにも爽やか大王だったはずの太一は、真紀に対してだけ例外的に険のある態度をとるようになったのだ。互いに腫《は》れ物にさわるような関係だった頃よりはわかりやすい図式になって、一時期はすっきりしたような気分にすらなっていたはずだった。

それにしたって、どう考えても顔を見続けるのはしんどい。バイトやめようか……。太一に「友達として仲良くしよう」といわれるまで、真紀は幾度となく心のなかでそう考えては頭を悩ませていた。

さっさとやめてしまえばよかったのだ。そうすれば、再び太一にかかわって、ややこしい感情にとらわれることもなかったのに。

2

バイト先のダイニングバーは、昼間は午後三時までランチ仕様になっている。三時から五時までは夜の開店準備のために休みとなっており、その日、真紀は昼の部だけシフトを入れていて、夜の部と交替して帰ることになっていた。

「真紀、お疲れ」

更衣室で着替えていると、太一に声をかけられた。出た――と真紀は身構える。

「……お疲れ。太一もこの時間であがりだっけ？」

「うん。一緒に帰ろ？」

こんなふうに当然の流れのように誘われてはことわることもできずに、真紀は「いいよ」と仏頂面で頷くしかなかった。

兄に指示されて元カレと友好的になろうと決めたらしい太一は、「これからたまに真紀にいろいろ聞いてもらってもいいかな」といったとおり、あれこれと話しかけてくるようになった。いまの状態は、ツンケンしあっていた頃よりは、互いに大人な対応をしているといえるのかもしれない。

どうしてこんなことになったのだろうと頭を悩ませつつも、精神的に成長できる良い機会かもしれない、と真紀は己にいいきかせていた。

着替え終わってロッカーを閉めると、太一が「帰ろう」と隣に並んできたので、連れ立って店を出る。

夕方なので、中途半端な時間帯だった。夜までバイトしていれば夕飯は賄《まかない》がでるが、今日は自分で用意しなければならない。

「真紀、今日これから家に遊びにいってもいい？」

「ああ――」

夕食はなんにしようかと考えていたところだったので、ついうっかりと相槌《あいづち》のつもりで返事をしそうになって、真紀は「は？」と振り返った。

「家って、俺の家？　なんで？」

「相談があるんだ。それともどこかにごはん食べに行く？　お兄ちゃんと亮介のことでちょっと話したいから、誰かに聞かれる場所だと落ち着かないんだけど。ごはん食べてから、どこか行こうか。公園とか。ひとがいなさそうなとこ探して」

「いや、それは……」

わざとなのだろうか。人気《ひとけ》のない公園などに連れていかれたら、いやでも初デートのときに突然太一にキスされたことを思い出してしまうではないか。嫌がらせか？

「だけど、いまの時期、寒いからちょっと外で話すのもつらいよね」

困ったように真剣に眉根を寄せる太一に対して、「絶対にわざとだろ」と恨めしい視線を向けながら、真紀は唸《うな》った。

「……わかった。いいよ。うちにこいよ」

「ありがと」

……なんでこんなことになるんだと思いつつも、拒否したら自分が変に意識していると思われそうでいやだった。

真紀の家に向かう道中、太一は相変わらず電車のなかで真紀をガードするような位置に立つ。まだそれなりに混《こ》んでいる時間帯だったので、先日よりもさらに密着している体勢になってしまった。

太一の顔が近い。普段は意識しないのに、こうしてそばにいると、つきあっていた頃の記憶がフラッシュバックみたいに甦る。もっとも肌を合わせたのは最初の一度きりだし、真紀はほとんど目をつむっていたので、そんなにじっと見ていたわけではないのだけれども。

太一が視線に気づいたように微笑んだので、真紀はさっと目をそらす。

「真紀。夕飯、なに食べる?」

「……ピザでもとろうか」

「それもいいけど、まだ時間が早いから材料買っていって、なにか作ろうよ。俺がやるから」

「料理作れるのか？」

「朝食なら、たまにつくる。サラダとかオムレツならレパートリーあるけど、ほかはあんまり自信ないかな。亮介みたいに手慣れた料理ってわけにはいかないけど。そうだな、鍋とかどう？　簡単だし、今日は寒いし」

「鍋、ね」

また微妙なメニューを――別れた男とふたりで鍋をつつく構図を想像しただけで、うすら寒い気がした。だけど、太一はきっとそう思っていないのだろう。

真紀とは似ても似つかない性格をしているから、太一がなにを考えているのかさっぱりわからないときがある。

だいたいお兄ちゃんにいわれたからって、なんでいまさら俺と仲良くしようとするんだよ。ほめられるとうれしいのか？　俺の顔を見て気まずいとかいう神経はないのか？

最寄駅で降りて、駅前のスーパーにすたすたと入っていく太一の後ろをついていきながら、真紀はこっそり嘆息する。

「太一がわからない」と思うのはつきあっている頃と同じだった。いまはもう彼氏ではないのだから、「捨てられるんじゃないか」とあれこれ心配しないでいいぶんだけ、気が楽だと考えればいいのかもしれない。

彼氏としてはつきあえなくても友人になれれば、思い出すだけで足をジタバタさせたくなるような黒歴史も塗り替えることができるのではないか。

そうやって視点を変えてみると、野菜売り場でキャベツと白菜を手にとってじっと見つめている太一の横顔もかわいく見えてくる――ような気がしなくもない。

恋愛関係でなければ、ひとつ年下の、ただのブラコンの男じゃないか。従兄弟の亮介とスペックはほとんど変わらない。こっちがビビることはない。

よし――と真紀は内心気合いを入れる。

「太一、鍋は何味にするんだ？　それによって具も変わるだろ。先に決めないと」

「そうだね」

太一は頷いたものの、「じゃあ、どっちにすればいいの」というように、手にとったキャベツと白菜を真紀に差しだして首をかしげてみせる。

実は料理についても予備校講師で痛いトラウマがあって、真紀はさほど自信がない。馬鹿みたいに頑張って、まったくむくわれなかった過去を思い出す。

「どんな鍋が食べたいの？」

「普通のがいいな。和風の」

「じゃあ、キャベツじゃなくて、白菜にしとこう。あと野菜は……」

鍋に必要な材料を適当に選んでいくと、太一はおとなしくカゴをもってついてくる。自分で作るといっていたくせに、どうしてこちらが率先して材料を選ばなければならないのかとしかめっ面になりながらも、「真紀――俺、ホタテと海老が好きだから入れて」と甘えたようにいわれてしまうと、悪い気がしないから困る。

結局、買い物を終えて家に帰りつくと、真紀がキッチンの真ん中に立って鍋の用意をする羽目になっていた。太一も手伝ってはくれているが、なぜかこちらが指示をだす流れになってしまっているのだ。

出汁《だし》の味見をしながら、真紀は「おかしい……」と眉間にしわをよせる。……いかん。完全に相手のペースにのせられているではないか。

「真紀。こっちも切ればいい？」

たいていのことはなんでもスマートにこなしてしまうくせに、太一は野菜ひとつ切るのにも「これでいいの？」といちいちおうかがいをたててくる。真紀は「いいよ」と答えながら束《つか》の間の優越感に浸った。裏返せば、普段太一に対して相当なコンプレックスをもっていることになる。

とはいえ、つきあっている頃から、太一は決して俺様ではなかったし、優位に立っているような態度も見せたことはなかった。手は早かったけど、なんだかんだいって、いつも真紀の意向をたしかめてくれた。

いま思えば、こちらがあれこれと頭のなかで考えすぎて、勝手に「どうしよう」と空回りしていたにすぎない。……だから、一緒にいると、よけいにいたたまれなくなるのだ。

ひそかに黒歴史を振り返りながら眉をひそめたとき、ふと太一がこちらを見ているのに気づいた。知らないふりをしようと思ったが、なかなか視線をそらしてくれないので、真紀のほうが根負けしてしまう。

「……なに？」

「ん――真紀のエプロン姿いいなと思って。初々《ういうい》しい」

「は？」

思わず自分の姿をあらためて眺める。べつにフリフリのかわいいエプロンをつけているわけでもない。母親の借り物で、実用重視の飾り気のないシンプルなグレーのエプロンだ。

太一は「それがいい」といった。

「ほら、うちのお兄ちゃんとか亮介も料理上手だから、よく台所に立ってるんだけど、あっちはふたりとも貫禄がありすぎるっていうか。料理の手際もいいけど、どっしりとかまえすぎてて、年季の入った主婦みたいだから。でも、真紀は手つきも慣れないぶんだけていねいで――お母さんのエプロン借りてるところも、初々しいから」

「…………」

「かわいいなって」

駄目押しの一言で、頬《ほお》がまるで出火したみたいに熱くなった。どの口でそういうことを平然といっているのか。

つい先ほどまで、もう恋愛関係にないのだから、ただの年下のブラコンではないか——と突き放して考えようとしていたのに、奇妙な熱がからだじゅうに広まってしまい、「な……」と声がうわずる。

「なにいってんだよ。いきなり変なこというなよ。どうかしてる」

太一はぽかんとしたように真紀を見た。

「そんなに気に障った？」

「気に障るよ。口がうまいんだから。かわいいとかいうな。俺はそんなタイプじゃないって知ってる。嘘つくな。いつもいつも胡散臭《うさんくさ》いんだから」

一気にまくしたててから、真紀ははっと顔をそむけて内心焦った。せっかく友達としてうまくやっていこうと思っていたのに、変なところで感情的になってしまった。年上の余裕ある元カレ設定はどこにいった。

太一は複雑な顔つきでしばらく黙り込んだあと、ふーっと息を吐《つ》いた。

「……真紀。あのさ、俺のいってること、いつも嘘とか、胡散臭いと思って聞いてるの？」

「…………」

「思ってるんだ？　ずっとそう？　前から？　つきあってたときも？」

「…………」

なにをどういっていいのかわからなくて、真紀は無言で冷や汗をかいた。

太一が嘘をいっているとは思っていない。素で感じていることをしゃべっているだけだとわかっている。でも、同時に口がうまいとも思っている。だから、正直なんだろうけど、胡散臭く見えると考えたことはある——この矛盾。

いやな沈黙が流れた。

太一は考え込むようにやや硬い表情を見せて、再び息をついた。

「そっか。……まいったな」

コンロの上では鍋がちょうど美味しそうにぐつぐつ出来上がってきていた。気まずい空気に固まってしまい、もうガスコンロの火を弱くしなくては——と思ったものの、からだが動かない。

ふいに太一がひとりで納得したように「よし」と頷き、ぐつぐつ煮えている鍋を見やると「これ、テーブルに運ぶの？」と指さした。

「もうだいぶいいみたいだけど。火、止めたほうがいいよね」

「え……あ、うん」

「鍋つかみ貸して。俺がやるから」

何事もなかったように手を差しだされて、真紀は素直に鍋つかみを渡した。

太一は鍋を持ちあげて、ダイニングのテーブルにセットしてあるカセットガスコンロの上へと運んでいく。

「もう食べる用意してもいいよね」

「……あの、太一。さっきのは」

「ごはんのときはいいあらそいしないんだ。子どものときから、お兄ちゃんにそういわれてるから」

――出た、ブラコン。

「お兄ちゃん……行儀がいいんだな」

太一は「うん、そう」とおかしそうに笑った。その笑顔に救われるようにして、気まずくなっていた空気が和んだことにほっと胸をなでおろす。

ダイニングのテーブルの席に着くと、幸いなことに鍋もいかにも美味《うま》そうに湯気をたてていた。太一は取り皿によそった出汁を一口飲むなり、口許をゆるませる。

「――すごい。美味しくできてる」

満足そうな笑顔があまりにもふんわりとやわらかかったので、真紀は思わず見惚れかけて、あわてて目をそらす。

「た……太一は美味しいもの食べなれてるだろ。お兄ちゃんと亮介、料理上手なんだから」

「うん。でも、真紀と一緒に作ったし。俺の好きな具、いっぱい入れてくれたし。やっぱりすごく美味しいよ」

さすがにここでひねくれた言葉を続けるほど、学習能力がないわけではなかった。

謝らなくては……せっかく友達づきあいすることになったのに、喧嘩はいやだ。

「――ごめん。さっき、太一のいってることに対して『嘘つくな』って変ないいかたして。そんなつもりじゃなかったんだ」

「うん。わかってる」

太一はなにも気にしてないというように笑ったものの、やはり食事中だからか、短く答えただけだった。

自分も謝ったし、太一も理解してくれたようだし、これで一件落着のはずなのに、どういうわけか向かい合っているのが落ち着かなくなってしまった。気まずいというよりも、気恥ずかしい。

胡散臭いなんていっても、太一のストレートな感情表現にはいつも救われている。その素直さに引きずられて、真紀はいつになく全身を覆っている硬い殻を脱ぐことができるのだ。それが、心地よさを感じると同時に、くすぐったさを覚えさせる。なにもかもつきあっていた頃と変わらない……。

最初は鍋をふたりでつつくなんてどうなるかと思ったが、太一が「美味しい美味しい」と喜んでくれるので、最後の雑炊まで無事に平らげることができた。

「ほんとに美味しかった」

食べ終わると、太一はにこやかに声をかけてくる。真紀はつられるように「そうか」と頷きかけてから、「あれ」と首をかしげた。そういえば、なんでふたりで鍋を食べているんだっけ——とその理由をいまさらながらに思い出す。

「……太一、俺に相談があるっていっただろ？　なに？」

食事をしているあいだ、真紀もすっかり忘れていたが、太一もきょとんとした顔を見せて、なぜか少しあわてた様子を見せた。

「ああ……うん。真紀にちょっと愚痴りたかっただけ」

「亮介と、お兄ちゃんのこと？」

うん——と太一は思い出したように神妙な顔つきになる。

「このあいだもいったけど、べつにお兄ちゃんと亮介がイチャイチャしてるから居づらいってわけじゃないんだけど……。向こうがなるべくふたりきりになりたいんじゃないかなって思うんだ。たまには俺が家にいないほうがいいのかなって考える。気をきかせてあげなきゃいけないって」

「そんなの気にすることないっていっただろ」

「ん——でも、やっぱりまだつきあいはじめだから。新婚さんだしね。ほんとなら、いつだってところかまわずイチャつきたいだろうけど、俺がいるから遠慮してるんだろうし」

「………」

ようやく相談らしくなってきたので、友人らしく冷静に話を聞くつもりだったのに、もやもやしたものが湧《わ》きあがってきて口許をひくつかせずにはいられなかった。「おい、ちょっと待て」とツッコミをいれたくなるのを、真紀は必死に我慢した。

つきあいはじめならイチャつきたいだろうって？　でも、太一は俺とつきあってるときは二度目のデートですぐに服を脱がしてきたくせに、その後はなにもしなかったじゃないか。あれはいったいどんな事情だったんだ？　いちゃつくどころか、キスもしなくなったくせに。

いや――過去の自分のことはどうでもいい。年上の元カレらしい、実のあるアドバイスをしなくては。

「……それは亮介と、太一のお兄ちゃんが考えることであって、太一が気にすることじゃないんじゃないか？　弟にそんなこと気遣われたくないよ。必要なら、外で過ごす時間を作ったりするだろうし」

「外で過ごす時間を作るだろうって、ラブホでも行くってこと？」

いきなり生々しい話になったので、真紀は「え、あ」と言葉に詰まる。

「真紀なら、そうする？　彼氏と思いきりふたりでイチャつきたくなったら、ラブホ行って発散するの？」

いや、俺はそんなラブホなんて行ったことないし、だいたい発散するもなにも最後までやったことだってないし――とはいえずにくちごもる。

真正面からじっと見つめられて、自分がラブホにいくところを想像されているような、なぜかセクハラでもされているような気分になってしまってうつむく。……自意識過剰すぎる。

「お兄ちゃんたちもそうやって工夫してるのかな。でも、せっかく一緒に暮らしてるのに、お金使わせたらもったいないよね。俺はお兄ちゃんと亮介がひとつ屋根の下でなにしてようと、見て見ないふりするけど。向こうが気にしてそうで」

恋愛経験の少ない身には想像も難しい出来事なので、真紀は「そうか、そうだよな」と適当に相槌を打つことでやりすごそうとした。

以前、つきあった彼氏はふたりとも（ひとりはおまえだ）、自分に手をだしてこようとはしなかったのだから、俺がイチャつくときにどうするかなんて知るわけないだろう――と内心やさぐれたくもなる。まったくなんでこんな相談……。

「まあ、でも……実際に発散するために外に行かれて、俺が家にひとりで残されたら、もっとせつないだろうけど」

それはたしかに淋しい。話がラブホから遠ざかったようなので、真紀は一気に同情的な気持ちになって顔を上げる。

太一は伏し目がちになって、小さく息をついていた。やっぱり亮介が同居していることがだいぶこたえているのだろうか
なんとか慰めようと力づけられるような台詞をさがしていると、太一がふいに真紀をまっすぐに見据えてきた。

「――真紀、いま彼氏いるの？」

唐突に話題を変えられて、とまどって瞬きをくりかえす。

「なんだよ、急に」

「もし、彼氏いるなら、こんなふうに俺のつまらない愚痴につきあわせちゃ悪いって思ったから」

「いないよ」

なんでこんなことを聞いてくるんだろう。こっちはずっと気になっても質問できなかったっていうのに……と考えかけて、「あれ」とひっかかる。

気になっていた――？　なんで？　いつ？　どこで？

自分自身の感情の動きに不可解さを覚えつつも、便乗して問い返す。

「太一は……？　いま、つきあってるやついるのか？」

「いない」

あっさり答えられても、ほんとうかどうかは疑わしかった。その疑念がくっきりと表情に出ていたのか、太一が苦笑した。

「ほんとにいないってば。真紀は俺のこと、誤解してる。お兄ちゃんと亮介がくっついたのを見たら、なんかいろいろ考えちゃって、二丁目の店にも遊びにいってないよ」

「亮介が行かないと、つるむ相手がいないから？」

「それもあるけど――。だいたい、俺はいつも入り浸ってたわけじゃないよ。つきあってる子がいないときは人恋しいから、しゃべる相手が欲しくなって顔をだすこともあったけど。夜遊びすれば、家にいる時間を減らせるかなとは思うんだけどね。少しは気をきかせてお兄ちゃんたちをふたりきりにさせてあげなきゃいけないってわかってるんだけど、遊びにいく気もしなくて。それでバイトの回数増やしたりしてる」

たしかに以前に比べて、太一はバイトに入っていることが多くなった。真紀がなんとかかちあわないようにシフトを別にしようとしても、顔を合わせてしまうのはそのためだ。

「何度もいうけど、あんまり気を遣わないほうがいいんじゃないのか。それこそ、亮介やお兄ちゃんが気にすると思うけど」

「うん――そうだね。わかってるんだけど、俺もいいたいだけなんだ。真紀に聞いてもらったら、少し楽になった」

家にいる時間を減らすためにバイトを増やしているのだと知ったら、さすがに気の毒になった。

「いいよ。聞くだけなら、俺にもできるし」

太一は「ありがとう」と礼をいったあと、少し決まりが悪そうな顔を見せた。

「俺、真紀にあらためて謝らなきゃ。お兄ちゃんのことで真紀とちょっといいあいになったあと、ずっと態度悪かっただろ。意地になっちゃって。子どもみたいだった」

「あれはべつに……俺も太一と話すとき、いつも喧嘩腰だったし」

「でも、真紀はそれでもいいんだけど、俺はあんな嫌な態度とるべきじゃなかった。ごめん、ほんとに」

互いに「俺が悪かった」と自責しあうのは、なかなか照れくさい。真紀はあわててかぶりを振った。

「いいって、もう。それに、どうして俺だけ、あんな態度でいいんだよ」

「真紀はツンツンしててもかわいいから。キャラに合ってるし。でも俺は違うでしょ」

「…………」

太一はさらりといって、「ね」というように笑いかけてくる。この笑顔が曲者《くせもの》だ——と思う。しかし、先ほど感情的になって気まずくなってしまったので、「かわいいっていうな」と怒鳴ることもできない。

太一は天然というか、ごく自然にひとを褒めるくせがついているのだとわかっているのに、いちいち反応してしまいそうになる自分が情けない。

それに、「かわいい」といってくれたって、予備校講師のように、真紀のことをちっとも本気で好きじゃない場合もあると知っているのに。「かわいい」ぐらいで動揺するな、みっともない。

「それから——実は、もうひとつ真紀に話があったんだ。お兄ちゃんのこととは別件なんだけど」

おもむろに切りだされて、真紀は話題がそれたことにほっとして「なに」と話をうながす。

「春休み、真紀は昼間のバイトとか、がっちり入れてないっていってたよね。時間があったらサークルの手伝いをしてくれないかな」

「サークル？」

太一が所属しているのは、児童相手のボランティアサークルだ。養護施設の子どもと遊園地に行ったりバーベキューをしたり、児童会館で人形劇や紙芝居の公演を行ったりと真面目な活動をしている。つきあっていたときに、「一緒にやらない？」と誘われたが、真紀は子どもが苦手なのでことわった。

兄弟がいないせいか、真紀は小さい子の相手をするのが下手《へた》なのだ。自分では愛の鞭《むち》のつもりで、亮介の弟の双子たちに厳しく接しているが、当の本人たちには「真紀ちゃんは意地悪だ」と嫌われているようなので正直凹《へこ》んでいる。

「児童会館で人形劇の公演を予定してるんだけど、人数が足りなくて。会場の準備を手伝ってくれないかな。いつもより人数がいるんだ」

太一は自分のカバンをもってくると、「はい、これ」とチラシをさしだした。

人形劇のお知らせを書いたものだった。よりにもよって、演目のなかに「赤ずきん」が入っている。

幼少期にヒーローのつもりで赤いマントを着ていたら、母親にはひそかに「赤ずきんちゃん」と呼ばれていたトラウマが甦って、真紀はひそかに顔をひきつらせずにはいられなかった。

駄目だ、タイトルからして自分には縁起が悪い。いままでサークルなんて入ったこともないのに、慣れない場所でまた空回りして、自分がとてつもない失敗をしでかすような気がする。

それに、大勢の子どもたちが集まる場所なんて――双子だけならまだいいが、よその子に「意地悪」と泣かれてしまったら……想像するだけで恐ろしい。

「俺はそういうのガラじゃないんだけど」

「どうせやることないんでしょ？　なにもしないうちに、春休み終わるよ」

からかうような口調とはいえ、鋭く指摘されて、真紀は「う」と詰まる。

今年の春休みはなんの目標もなくダラダラしていると自覚していたからだ。新年度がはじまったら、三年でいよいよ就活がはじまるから、自由な時間もこれが最後かもしれないのに。

太一がすかさず言葉を継ぐ。

「いまからでもいいから、一緒にやろうよ。三年になったら、四月にはもう就活のガイダンスがあるはずだけど――これから先、ボランティアのサークルで活動しとけば、就活の面接のときに話すネタができるかもしれないよ。暇なら、やっといて損はないと思うけど」

真紀はむっと太一を睨みつけた。

「就活のためだなんて、ヨコシマすぎるだろ。俺はそんなことしない。点数稼ぎみたいな……」

「理由なんてなんだっていいんだよ。邪《よこしま》だって点数稼ぎだって。行動すれば、同じなんだから」

いきなりぴしゃりといいきられて、二の句が継げなくなる。いつもどこか甘えたようなふんわりとした口調なのに、いきなりの豹変《ひょうへん》ぶりに真紀がびびって困惑していると、太一はふっと表情をゆるめた。

「――まあ、真紀にそんなの利用すればっていっても無理だろうけど。単純に、俺からのお願い。真紀が手伝ってくれたら、助かるんだ」

飴《あめ》と鞭のように、にっこりといつも通りの笑顔を見せられて、真紀は胸をなでおろすと同時にある事実に気づく。

太一が以前、春休みになにか予定はあるのかとたずねてきたのは、ひょっとして手伝いの人員を確保したかったからなのかといまさらながら思い当たったのだ。そういえば、執拗《しつよう》に「バイトいれてるのか、旅行いくのか」と質問してくるので、なんで予定を気にするのかと思っていたが――。

「……ちょっと考えさせてくれ。俺にもいろいろあるし」

実際のところ、優先するべき予定などなにもなかった。会場の準備を手伝うのは苦でもなんでもないが、このまま頷いてしまうのは向こうのペースにのせられているようで癪にさわる。

「うん。公演はどうせ三月だから。しばらく考えてからでもいいよ」

……なんだ、そうか。サークルの公演で手伝いがほしかったから……。

太一が急接近してきたのは、兄にいわれて「元カレと仲良く計画」のほかに、そういう理由もあったのか。納得すると同時に、なぜかもやもやとしたおもしろくないような気持ちが湧きあがってくる。

相談なんて、どうせつけたしなのだろう。なんでもできて、友達も多い太一がわざわざ真紀を頼るわけがないのだ。

太一は食事の後片付けを手伝ってくれたあと、「じゃあ、そろそろ帰るね」と席を立った。

「真紀。ほんとに今日はありがと。愚痴聞いてもらえてうれしかった」

「いいけど、べつに」

すっかりふてくされながら答えると、太一は意外にも照れくさそうに視線を落とした。

「助かったよ。真紀にしかいえないからさ。こんなこと……お兄ちゃんのことなんか」

思いがけない台詞に、真紀は「え」と瞬きをくりかえす。

「なんで俺限定なわけ？　亮介の従兄弟だから？」

太一は「それもあるけど」と言葉を濁した。歯切れの悪い反応が気になる。

「真紀にはみっともないところ見られてるからかな。ほら、さっきもいったけど……お兄ちゃんのことで、俺は変にツンケンしちゃったから」

たしかに太一があんな態度を見せるのは珍しかった。どうせサークルの手伝い要員集めのために声をかけてきたんだろうと思いかけていたが、真紀に相談したいというのは本音なのか。それにしても、ひとに対して普段不平不満をあまり漏らさない太一が、愚痴る相手を必要としてるなんて。

「……太一。やっぱり亮介がお兄ちゃんとつきあってるって、複雑なのか」

「そうだね……。亮介が相手だって思うと、腹立たしいけど。でも、じゃあ誰が相手ならいいのかっていわれると……まあ亮介だったらマシかなって」

そういうものなのか。兄弟のいない真紀には、いまいちその心境がわからない。

それでも太一は重度のブラコンなのだから、彼氏の亮介が同居しているというのは耐えがたいものがあるのは想像がつく。真紀にしか愚痴れないのも、以前みっともないところを見せたことがあるから。手伝い目当てだろうなんて穿《うが》った見方をして悪かったな——と素直に反省して、真紀は「俺でよかったら、いつでも愚痴は聞くよ」と再度口にした。太一は「うん」とうれしそうに頷く。

「じゃあ、真紀、またね。公演の手伝いのこと、考えておいて」

「ああ」

「詳しいことは、また話そう？　明日も昼のバイト入ってるよね？　帰りに今度は外でごはん食べようよ。今日のお礼に、俺が奢《おご》るから」

「……」

玄関で靴を履きながらそんなことをいわれて、真紀は「え」と固まった。

「おやすみ」

深夜だというのに、陽《ひ》だまりのような爽やかな笑顔を残して、太一は帰っていった。ドアが閉められてから、真紀は玄関でひとり茫然《ぼうぜん》と佇《たたず》み、「え？　え？」と首をかしげる。

明日も俺は太一とごはん食べるのか？　なんで？　いま、約束しちゃった？

いや、友達なんだから、べつにごはん食べるのはいいのか。

でもいくら元カレが「これからは友達として」といっても、それは大人の方便のようなものので、こんなに親密にするっておかしいのではないか。

予定があることにしてことわろう、と思ったものの、途端に「どうせやることないんでしょ」という先ほどの太一の声が耳に甦ってきて、真紀は「うう」とひとりで唸った。

最初は「年上の元カレ」として落ち着いた対応を心掛けようとしていた真紀だったが、しだいにストレスがつのってきた。

ふたりで鍋をつついた翌日、真紀はバイトが終わったあとに太一と夕飯を食べにいった。太一は真紀の好みを把握していて、「ここ美味しいんだよ」と連れていかれたイタリアンはすこぶる美味だった。だが、「じゃあ、今度は焼肉にいこうよ」「真紀の好きそうなパンケーキの店がね」とその先のお誘いをうけたときには頭が混乱してしまった。

結局、その週は合計で四回も太一と食事に行ったり、バイトの帰りにカフェでお茶を飲んだりした。

今日はまっすぐに帰るといおうと思っていても、「真紀、ごはん行こう?」「お茶飲んでこうよ」とあの爽やかな笑顔で誘われるとなぜかことわれない。なんだかんだいって一緒に過ごしているとそれなりに楽しいし、「今日は予定が……」といっても「予定? なに?」と突っ込まれると、実際のところはスケジュール帳がバイト以外真っ白な真紀は嘘もいえないのだった。

どうせ暇だからいいんだけど——と考える一方で、わけがわからない。どうして太一が自分と一緒に過ごしたがるのか。

その一、サークルの公演の手伝いが欲しいから、勧誘のため。その二、家にいる時間を減らすために、彼氏もいないし友達も少なそうな真紀はつきあわせるのにはちょうどいいから。

最初は亮介が同居したことで太一も悩んでいて相談相手がほしいのだと理解を示そうとしたものの、こうもべったりとされると、やはりいいように利用されているように思えてきて、一度打ち消したはずの疑念が再び沸き起こってくる。時間つぶしにしても、ほかにも友達は大勢いるくせに、真紀を誘うのは都合がいいからなのだ。お兄ちゃんが彼氏と同居しはじめたから家に居づらいとは他にはいいにくいのだろう。真紀なら事情を知っているから。

そりゃ亮介という共通の親しい人間がいるんだから、別れたとはいえ、太一との関係はなんとか改善したいと心のどこかで考えていた。顔を合わせればツンケンしたような態度をとりあうのが決して良いとは思っていなかったのだ。

でも、なんかこれは違う……。

胸のなかでしだいに増殖していくもやもやを直接太一に向けることはできずに、真紀は太一を家に居づらくしている張本人——亮介にぶつけることにした。

太一と急接近した一週間のあいだ、亮介とはバイトのシフトが重なることがなかったが、メールと電話で事情だけは伝えていた。「太一がいきなり俺に仲良くしようっていってきて、変なんだ」と。

もっとも亮介は「太一ってそういうやつだろ。あいつはみんなと仲良くしたいんだよ」ととりあわなかったが、真紀があまりにもしつこいので、「わかった。会って話聞くから」と折れた。

そして約束の日、待ち合わせのカフェに面倒くさそうに現れた亮介を、真紀はじろりと睨みつけた。亮介は「お」といったん退《ひ》いてみせたものの、すぐに揶揄《やゆ》するような笑みを浮かべてみせる。

「ご機嫌ななめだなあ。どうやったら、そうやって世の中のすべてに不満もってますって顔して、わざわざ話を聞きにきた仲のいい従兄弟を睨むことができるの。心痛まない？」

「相変わらず口が達者だな」

「それで世の中渡ってきてるので」

亮介はしらっと答える。

高校まで苦労人だった従兄弟は、いまや太一の兄の彼氏におさまり、わが世の春を謳歌しているようだった。もともとスーパーの買い物袋をひっさげて双子にまとわりつかれて主婦業しているときから、わけのわからない自信に満ちあふれていたが。

実は真紀も、亮介自身が恋人を手に入れて幸せになったことについては喜んでいるのだ。苦労がむくわれて心からよかったと思う。相手が太一の天使兄《あに》だというのはともかく。

「――で、うまくいってるの？　太一のお兄ちゃんと」

「心配してくれてるのか」

「べつにそうじゃないけど」

「おかげさまで、毎日楽しく暮らしてるよ」

おまえはいつだって楽しそうじゃないか、昔から「大変だ大変だ」といいながら双子のお守りをしてるときだって——と真紀はいいかけて口をつぐむ。

つねにポジティブな亮介だが、いまはさらに幸福度があがっているように見えたからだ。野生の獣が、いい餌《えさ》をあたえられて毛並みがよくなったみたいに、性質もやや穏やかになったように見える。天使兄に牙《きば》をぬかれたのか。

「……幸せなところ悪いけど、太一をどうにかしてくれないか。おまえが太一の家に引っ越してから、ちょっとおかしいんだ」

「おかしいって？」

「電話でいっただろ？　俺に『友達として仲直りしたい』っていうのはべつにいいんだけど、家に居づらいみたいで、最近バイト帰りにメシ食いにいったり、つきあわされてるんだ。太一には亮介が気にするからいわなくていいっていわれたんだけどさ……おまえとお兄ちゃんが仲良すぎるから、太一の居場所がなくなってるんじゃないか。あいつがブラコンなの、知ってるだろ？　新婚さん状態なのはわかるけど、ちょっとは気を遣ってやれよ。せめて太一がいる前ではイチャイチャしないとかさ」

たまりにたまっていたものを一気にぶちまけると、亮介は少し変な顔をした。

「…………太一がそういったわけ？」

「ほかに愚痴いえないからっていうんだけど。少し前まで、俺がお兄ちゃんのことでちょっと口をすべらせたら、あんなに怒ってたのに、俺を頼りにするって、ちょっとおかしいだろ。家で簡単な鍋つくっただけで、『美味しい美味しい』ってうれしそうにしてるしさ。ひょっとして、おまえら家で太一になにも食べさせてないのか。おまえとお兄ちゃんだけでごはん食べてるとか？」

亮介は心外そうに顔をしかめた。

「人聞きの悪いことを……あいつは、食生活に関しては一番恵まれてるよ？　基本的には俺とお兄さんが交替で料理つくってて、あいつはたまに朝とか昼につくるけど、主に食うだけなんだから。ていうか、なんで真紀と太一が鍋を一緒に食ってるんだよ。太一を家にあげて、ふたりきりで過ごしたわけ？　元さやになったってこと？」

「いや、違う」

「家にあげたんだろ？」

「相談があるっていうから……家のほうが、落ち着いて話せるから」

亮介は「はあ？」とあきれた声をあげた。理解しかねるといった顔つきだ。

第三者にそういう反応をされると、真紀もにわかに「なんで俺は太一を家にあげたんだっけ？」と首をひねってしまう。

いま考えると、つい先日まで険悪な関係だったのに、いきなり家にあげるのは少しおかしいと思えるのだが、あのときは太一にいわれるままにそれが一番いいと思ってしまったのだ。

だって、この寒空の下、相談を聞かされるためにトラウマが甦る夜の公園なんかに連れていかれたらたまらないし。

「太一、いま、真紀とそんなに親しく接してるんだ？　普通にバイト仲間って以上に？」

「そうだよ。前みたいに、あたらずさわらずって態度に戻っただけなら、俺もなにもいわないよ。だけど……まるで……」

つきあっていた頃に戻ったみたいな――といいかけて口をつぐむ。

そうだ、もやもやの原因はそれなのだ。

太一と一緒にいるのはべつに嫌いじゃない。でも、ふと我に返ったときになんで俺はこんなことをしてるんだと悩んでしまう。もう別れたのに。そばにいたらみっともないことになりそうだから、自ら離れたのに。

亮介は「ふうん」とためいきをつく。

「でも、俺が引っ越してきたから家に居づらいってしょげるほど、メンタル弱くないけどね、あいつ」

「大好きなお兄ちゃんのことだから、太一だって気にするだろ」

切羽詰って、俺に相談するくらいなんだから……と真紀は考えていたのだが、亮介は「甘いなあ」と一刀両断した。

「だいたいあいつが俺に同居を許したのって、自分の知らないところでお兄ちゃんとアレコレされるよりは、監視下に置いておいたほうがいいって思ってるからだからね。そんなタフな思考のやつが、俺相手にめげると思う？　俺は毎日、足元をすくわれないように必死ですよ。『恋人ができても、お兄ちゃんが一番大切に思ってるのは俺だよね』アピールがすさまじくて。ブラコンは恐ろしい」

毎日楽しく暮らしているといっていたくせに、やはりそれなりの苦労はあるらしい。しかし、自身も双子に対して相当ブラコンなくせに、平気で他人事《ひとごと》のように「ブラコンは恐ろしい」というおまえのほうが俺にはよっぽど恐ろしいよ――と真紀はこっそり呟く。いまだに無自覚なのか、こいつ。

亮介の場合、双子は自分で育てたようなものだから、気持ちはわからないでもない。でも、太一は――。

「……太一って、もしかしたら、そういう意味で……お兄ちゃんのこと好きなわけ？　血つながってないんだろ？」

「それはナイナイ」

あっさりと手を振ってみせる亮介に、真紀は「なんで」と食い下がる。

「だって、あいつの態度、まるでママをとられた子どもみたいだから。恋愛とは違うよ。……それに、ほんとにもしそういう意味で好きだったら、いくらタフでも俺と一緒には暮らせないだろ」

「そう、だよな」

心の片隅に引っかかっていたことが、亮介の返答で氷塊したことにほっと胸をなでおろす。

……あれ？　なんでほっとするんだ？

首をひねっていると、亮介がさぐるような目線を向けてきた。

「――真紀は太一とやりなおす気ないの」

「ない」

きっぱりといいきる真紀に、亮介は苦笑した。

「とりつくしまもないなあ。真紀たち、似合いだと思うけど。もう一度考えてみたら」

「なんだよ。おまえ、最初は反対してたくせに。『真紀には太一は無理だよ』みたいな顔してたろ」

「つきあって、別れるまではたしかにそう思ってたけど。……でも、真紀は特別みたいだから」

なにやら意味深に告げられて、真紀はぴくりと片眉をあげる。

「特別って、なんで？」

「太一が怒ったから。あいつ、誰に対しても滅多に怒ったりしないだろ。さすがに俺がお兄ちゃんに手をだしたときは頭にきたみたいだけど、普段はみんなに『ブラコン』っていわれても、『俺のお兄ちゃんは天使だからね』って開き直ってるのに。真紀にお兄ちゃんのこといわれたときだけ、痛いところを突かれたみたいな顔してたから。『真紀には一番いわれたくない』って、あんなにムキになるとこ、初めて見た」

それは真紀も驚いたので、よく覚えている。どうして『一番いわれたくない』などといったのか。

「なんでそれが『お似合い』発言につながるんだよ。おまえは自分がうまくいったからって、ひとのこともあわよくばまとめようとしてるだけだろ。俺が太一のことであれこれいうの、面倒くさくなってるな」

亮介は「ばれたか」と声をたてて笑った。

「そうかもね。……でも、そうじゃないかも」

「なんだよ。わけわかんないこというなよ」

「いや。太一が真紀とつきあっているときに、『あいつとうまくいってる？』って聞いたことがあるんだよ。そしたら、太一は『うん、真紀も天使だからね』って答えたんだ。あれの意味がいまだにわからなくてさ。冗談なのかと思ってたら、真面目に『天使なんだよ』ってくりかえしてたから。……あいつ、ほんとに天然で頭のなかがほわんほわんしてるのか、それとも装ってるだけの腹黒なのか、時々、本気でどっちだかわからなくなるときがある」

お兄ちゃんに似てる――とはつきあっていたときから、真紀はよくいわれた。ピロートークでそんなことをいわれても、うれしくもなんともなかったけれども。

「俺……天使兄に似てるか？　ひとかけらも似てないと思うんだけど」

昨年、真紀は噂の天使兄に対面したことがある。双子が子どもたちだけで亮介に会いに太一の家に遊びにいってしまい、ネットで家の地図を印刷してやった真紀は「おまえのせいだ」と責任をおわされてふたりを迎えにいくはめになったのだ。

その前日に会ったばかりのはずなのに、双子は妙に天使兄になついていて、一方の天使兄も今生《こんじょう》の別れのように涙ぐみながら「また会おうな」と双子をがしっと抱きしめていた姿が印象的だった。なんでたった一日一緒に過ごしただけの子どもに、そこまで感情移入できるのか。玩具《がんぐ》メーカー勤務と聞いて、子どもはお客様だから職業病なのかと納得したけれども……。

亮介は真紀の顔をあらためてしげしげと眺めて首をひねった。

「まあ顔が綺麗系ってとこは似てるけど、タイプは違うかな？　太一は美形だと、みんな『お兄ちゃんに似てる』っていうのかもしれない。っていうより、真紀は俺に似てるよな」

綺麗系、美形と評したあとで「俺に似てるよな」と平然といいきるとは、さすがポジティブシンキング野郎、爪《つめ》の垢《あか》でも煎《せん》じて飲みたいぜ――と真紀は内心毒づく。

「そりゃ従兄弟だから。……だけど、俺はあのお兄ちゃんには一ミリも共通性を感じない」

天使兄は噂通りの王子系の顔をしていたが、ちょっと見ただけでも、性格はだいぶ外見と違っていて、一風変わった独特な空気を醸しだしていた。双子たちと抱き合っていたとき、背景にお花畑が一瞬見えたような気がする。ブラコン同士、亮介とはお似合いだろうが。

「まあ、とにかく太一が真紀に愚痴いってるんだったら、しばらく聞いてあげなよ。それぐらいしてあげてもいいだろ？　なんたって、余裕のある年上の元カレなんだから。そういう路線のキャラでいきたいのなら」

なんでも知っている相手というのは、やりにくいものだった。訳知り顔の亮介を、真紀は睨みつける。

「べつにそんなキャラ狙《ねら》ってない」

「だったら、太一に正直にいえばいいのに。俺は別れた相手と平常心で向き合えるほどメンタル強くないヘタレなんです、だからもうかまわないでって。これ以上へこんだら、暗黒面に堕《お》ちて二度と戻れなくなっちゃうって」

いちいち的を射ているだけに痛い。痛いから、よけいに防衛本能で反応が刺々しくなる。

「誰がヘタレだ。ごく普通の、ちょっと繊細なだけの神経だ」

「だから、そういえばいい。真紀が『俺には無理なんだ』っていえば、太一はあっさり納得するよ。太一は別れた相手でも仲良くできると思い込んでるから、真紀と同じ店でバイトしてても平気なんだし。実際、いままでの相手は、友達に戻ったあとでも寝れるような割り切ったタイプばかりだったし」

「……セフレってことか？」

亮介はあわてたように「いや」といいわけする。口がすべったという顔だ。

「……真紀にそれを求めてるとは思わないけど。普通の友達づきあいでも無理だって事情を話せば、『そうか、真紀には不愉快だったんだ、俺が無神経だったね、ごめん』って反省するよ。想像つくだろ？　――真紀が太一に嚙みつくような態度とってるから、強いって思われてるんだよ」

セフレ――それは心配しなくてもいいだろう。なにせ、つきあっているときにも最後までやっていない。

いくら太一と真紀の感覚が違っていても、彼氏のときはセックスしなかったのに、友達になったら、さあセックスしようなんて――そんな斜め上をいくことはいってこないだろう。いや、わかんないけど。

亮介のいうように、たしかに真紀が「ほんとは友達づきあいは無理なんだ」と伝えればいいだけの話だ。太一は「わかった」と真紀に二度と話しかけてはこないだろうし、ひょっとしたらバイトもやめるかもしれない。どこか浮世離れした神経だと思う一方で、そういうところは細やかに気を遣う。

だけど、そうしたら……。

亮介が途方にくれたように真紀を見つめる。

「あのさ、別れたときも、『ブラコンだから』としか理由聞いてないけど。太一も『俺がいい彼氏じゃなかったから振られた』としかいわないし。こっちも詳しい事情知らないから、フォローのしようがないんだよ。……ほんとはなんで別れたわけ？」

あらためて問われて、真紀は顔を赤くした。

恋愛経験値が違いすぎたから。最初のデートでキスされてびびって、二度目のデートで服まで脱がされたけど最後までされなくて、それ以降ぴたりとキスもされなくなったから、予備校講師と同じパターンでいずれ捨てられると思って、ぐるぐる考えた末にこっちから身を引いた――などと、さすがに恥ずかしくて亮介にもいえない。

「なんでって、何度もいってるけど、ブラコンだからだよ。太一の理想は天使みたいなお兄ちゃんだろ。俺とは全然タイプが違うから、うまくいくわけないだろ」

亮介は「ふうん」と再度息をついた。

「まあ、真紀が事情を話しにくいなら、俺からいってもいいけど」

「なにが」

「別れた男とほんとは友達づきあいなんてしたくない、って太一に伝えてあげるよ。そうしたほうがいい？　俺にできるのはそれぐらいしかないし」

具体的な案を示されて、「どうにかしてくれ」と頼んでいたはずなのに、真紀は即答できなかった。

亮介が事情を話してくれれば、もう太一は真紀に近づいてこない。こちらが仏頂面しててもかまわずに、「一緒にごはん行こう？」と誘いかけてくる笑顔を見ることもない。真紀も、元カレとしてどう振る舞うのが自然なんだと悩まなくてもすむ。……それを望んでいたはずなのに。

「——どうする？」

亮介に問われて、真紀はごくりと息を呑んだ。

大学が休みでバイトのシフトも入れてないとなると、真紀は外出する予定もなく、家で録画してある映画やテレビドラマを見て過ごす。

——暇だな、俺……。

ハードディスクにたまっていた番組を順調に消化していったが、昼ごはんを食べたあとに画面に集中できなくなって、途中でベッドにごろりと横たわった。怠惰すぎる自分がいやになって、少し勉強でもしようかと本を読みかけたが、やはり進まない。

こんなにダラダラしているくらいなら、ダイニングバー以外のバイトを入れて、せめて労働に勤《いそ》しもうか。もしくは「春休みは長いんだから、一度顔を見せにこい」といわれているとおり、ロスに住んでいる親のところに行けばいいのだ。

（どうせやることないんでしょ）

太一にいわれた台詞を思い出して、真紀はベッドの上で転がりながら顔をしかめる。爽やかな顔して、まったく痛いところをついてきやがる。

——そういう太一はいま、なにしてるんだろう。

太一は今日、昼の部のバイトを入れているはずだった。久しぶりに亮介も一緒のはずだ。ふたりして、なにを話しているのか。

結局、真紀は亮介に「友達づきあいは無理だって事情を話してくれ」とは頼めなかった。そんなことですむのだったら、覚悟を決めて自分でとっくに話している。太一に「友達として仲良くしよう」といわれてから、心のなかでずっとモヤモヤしていた理由はきっとべつにあった。

太一と亮介がバイト先で顔を合わせているところを想像しているうちに、不安が頭をもたげてくる。

亮介には「なにもいわなくていい」と返事をしたものの、もしかしたら気を利かせて「真紀をもうかまうなよ」と太一にいってしまうかもしれない。あいつは子育て経験のある主婦みたいに世話焼きなやつだ。「真紀はおまえと友達づきあいなんて無理なんだよ」と。

それを聞いたら、太一は確実に真紀から離れていくだろう。それがどうした？　つい先日まではそれを望んでいたはずじゃないか。

なんで不安になる？　まるで怖いみたいに――？

やめやめ――と思考を停止させてベッドに寝転がっているうちに、うとうとと眠りに落ちてしまったらしかった。なにも考えたくなかった。携帯がテーブルの上で鳴っている音で目が覚めた。

立ち上がっていって画面を見ると、太一からだった。なんでいきなり太一から――ととまどいつつも電話にでる。時計を見ると、もうすでにバイトが終わって帰路についている時間帯になっていた。

「なに？」と動揺しながら、真紀は声を押しだした。

『真紀？　ねえ、いまからそっち行っていい？』

「――は？」

ひょっとして亮介の口から話が伝わってるのではないかと畏《おそ》れていたことも忘れ、思いきり顔をしかめてしまった。

なんで突然これから家にくる？　駄目だ、やっぱり人種が違う。宇宙人すぎる。

「これから？　どうして？」

『今日、亮介とお兄ちゃんが待ち合わせて外食するっていうんだ。だから、俺ひとりなんだけど……真紀はバイト休みだったから、きっと家にいるだろうと思って』

悪かったな、予定もなくて――と心のなかで毒づく。

『いまバイト終わったから、真紀のところにはスーパーで買い物してからいくから。昨日、お兄ちゃんに料理教えてもらったんだよ。だから、真紀に作ってあげる。パエリア好きだよね。一緒にごはん食べよう？』

「………」

宇宙人だ、もうやめる――と先ほどまで頭のなかがぐるぐるしていたのに、いつもどおりに誘いかけてくる声を聞いた途端になぜか胸の奥がきゅうんと疼いた。頬が真っ赤に染まるのを感じながら、真紀は「あ……うん」と応える。

『すぐ行くから。待っててね』

電話が切れてしまったあと、真紀は携帯を見つめたまま、しばしその場にうずくまった。なにかの発作でも起きたみたいに、心臓が痛いくらいに大きな音をたてて高鳴っていた。

……なんだ、これ。

しばらく脱力して動けずにじっとしていたものの、ぼんやりしている時間はないと気合いを入れてやっとのことで立ち上がる。

太一が家にくる――。

真紀はあわてて一階に下りると、キッチンや部屋のなかをすみずみまで見渡した。どちらかというと神経質なため掃除はつねにしているので突然ひとがきても大丈夫なのだが、ソファの上のクッションの位置を直したり、乱れているところがないか一応確認する。

次には自分が着ている部屋着のシャツがいまいち冴《さ》えないのが気にかかり、自室に戻ってチェストのなかを漁《あさ》った。からだが火照《ほて》ったせいで汗をかいたような気がするので、どうせなら着替える前にシャワーを浴びてしまおうとバスルームに直行する。

あわてて髪とからだを洗い、ドライヤーで髪を乾かしてセットしてから、一番お気に入りの部屋着に着替える。

ほっと息をつくひまもなく、次はパエリアの作り方が気になった。太一が天使兄に教えてもらったといっていたが、一応自分でもパソコンでネットの記事を検索して、だいたいの調理方法を確認しておく。なるほど……と頷いていたところで、インターホンが鳴った。

「真紀。ごめんね、突然きて」

ドアを開けて、太一の笑顔を見た途端に、再び胸の奥がきゅうんと先ほどよりも大きく疼いたが、真紀はなんとか動揺を押し隠した。

太一は大きくふくらんだスーパーの袋と、ケーキの箱を手にさげて玄関をあがってくる。

「ずいぶん重そうだけど、それ全部材料なのか？」

「うん、メモ通りに買ったはずなんだけど、なんか多めに買いすぎちゃった」

キッチンに入ると、調理台の上においた買い物袋のなかから、太一は早速材料をとりだす。

真紀が「手伝うよ」と手を伸ばそうとすると、少し驚いた顔を見せてから微笑んだ。

「ありがと。じゃ、それは冷蔵庫に入れておいて」

「ケーキ？」

「うん。ごはんのあとで食べよ？」

真紀は冷蔵庫にケーキの箱を入れると、エプロンをつけてから太一の隣に立った。先日、「かわいい」とからかわれた母親のエプロンだが、この際気にしない。

「太一、あとは？　どれを手伝えばいい？」

「………」

真紀のいつになく積極的な振る舞いが意外なのか、太一が無言のままじっと見つめてきた。なにかいわれるかと思ったが、照れくさそうに視線をそらしただけだった。天使兄から聞いたらしいレシピのメモを取りだして、「俺もメモ見ながらだから……失敗したら、ごめんね」といいながら調理にとりかかる。

途中で、真紀が手伝いながら「こっちが先なんじゃないか」と手順の間違いを指摘すると、太一はメモを確認して「あ、ほんとだ」と頷く。

「真紀、パエリア作ったことあるの？」

「や……作ったことないけど」

どっと汗をかきながら、「さっきネットで作り方を見たばっかりだから」と正直に白状したら、太一はきょとんとしてみせてから、おかしそうに笑った。

「そっか。調べてくれたんだ。心強い」

「…………」

その笑顔を見た途端に、はっきりと自覚した。

亮介に「事情を話してくれ」と頼まなかった理由。なんだかんだいって、真紀は太一にもう声をかけられなくなって、この笑顔を見られなくなるのがいやなのだ。

だってせっかく友達として仲良くしようといってくれたんだから……。

先ほど電話で「ごはん食べよう」といってもらったあと、脱力してしまったのはほっとして気が抜けたからだった。よかった、また一緒にごはん食べられるんだ、と。

爽やかすぎて胡散臭い、このブラコンめ、未知の生態の獣だ、宇宙人だ——とそばにいると、はっきりいってろくなことを考えないのに、太一の笑顔とストレートな響きの声には麻薬みたいな吸引力がある。

完全に理解できないのに、その表情や声から、少なくとも自分と一緒にいることを楽しんでいてくれることが伝わってくるから。

いまの真紀にとってはそれがうれしいのだ——ということを少なくとも認めざるをえなかった。もしも太一に距離をおかれたら、たぶんとてつもなくへこむのだということも。

多めに買ってしまったという材料は、ほとんどが魚介類だった。鍋のときにも、太一が「海老とホタテ入れて」と頼んでいたことを思い出す。

「太一、海老とか魚介類が好きなんだ」

「うん」

ちゃんと覚えておこう、と真紀は頭のなかにメモした。つきあっていたときにはウザイと思われるのがいやで、あれこれと好みを聞いたりするのは我慢していた。

実は予備校講師との交際時には下手くそながらも料理を頑張って、ドライブにいくときにお弁当をつくったりしたこともあった。予備校講師に『真紀ってこういうのを一生懸命やっちゃう子なんだ。女の子みたいなんだな』と苦笑されたのは覚えている。

べつに女になりたいわけじゃないけれども、単純に喜んでくれるかなと思って作っただけだった。そのときの彼の表情と言葉はチクチクと心に刺さって真紀を委縮させ、太一とつきあってるときは手料理なんか作らなかった。でも、いま考えれば、前の彼を引きずるんじゃなかった。太一は彼とは別の人間だし、好みも全然違うのに。

パエリアは初めてのわりには具だくさんにしたせいで見た目も豪華に出来上がって、味も上々だった。

太一とテーブルで向かいあって食事をしていると、胸の奥が疼くような感覚がまた甦って、真紀は顔が真っ赤にならないように冷たい水を何度も飲んだ。

水を口に含むたびに、己にいいきかせる。……太一は「友達になろう」とわざわざ声をかけてきてくれたんだから、こっちも仲良くしようとして引かれることはない、俺も素直になろう、と。

「太一……俺、サークルの公演、手伝ってもいいよ。どうせ暇だし」

さりげなく口にだすのに、しばし時間を要した。太一は一瞬きょとんと真紀を見つめたあと、うれしそうに破顔する。

「ほんとに？　ありがとう」

「いや」

真紀はなんでもないことのように頷いてみせたが、うまく振る舞えているか自信がなかった。

今度は仲のいい友人になればいい――そう思った。一度失敗したことでも、べつのかたちでやりなおせばいい。太一との関係がうまくいけば、自分の頑《かたく》なな殻もやぶれて、吹っ切れるような気がする。

なぜずっと臆病になっていたのかはわかっている。高校のときに予備校講師を好きになって、自分なりに必死に頑張ったつもりなのに、報われなかったからだ。

行動するのが怖い。傷つけられるのが怖い。

でも、はっきりと頭では理解できているのに、克服できないなんて理不尽だ。いまのままでは駄目だと思っているのに変えられないなんて、もっと駄目だ。

「……お茶淹《い》れるよ。太一が買ってきてくれたケーキ、食べるんだろ」

いったん覚悟を決めてしまうと、もともと予備校講師に「重い」といわれたほど尽くすタイプの真紀としてはかえって気が楽だった。

いままでのことを振り返ってみても、太一が真紀の行動を頭ごなしに否定したり、不愉快そうに引いてみせたりしたことはないのだ。ただひとつの例外は、天使兄のことで一言いったときに喧嘩になっただけ。あれだけ気をつければいい。あとはなにをしても怖くない。

いそいそと食器を片づける真紀を見て、太一は目を丸くしながら自分も手伝おうとする。手をだしてきた太一を、真紀は「いいよ」と止めた。

「太一はソファのほうに行ってて。俺が用意してくから」

「あ、じゃあ運ぶのだけやるよ」

太一は食器をキッチンへと運ぶと、先ほどから積極的に動く真紀の様子が気になるのかチラチラと視線を向けてくる。

「なに？　いいよ。片づけは俺ひとりでやれるから。太一はパエリア作ってくれたんだから、座ってて」

太一は少しとまどった表情を見せつつも、すぐに「そう？　ありがとう」と笑顔になって、真紀のいうとおりにリビングに移動した。

太一が笑ってくれたことで、「ほら、べつに引かれてない」とほっとして、真紀は手早く後片付けをしてケトルでお湯をわかす。臆病になってばかりじゃだめだ——といいきかせながら冷蔵庫に入れてあったケーキの箱を取りだした。が、中身が以前太一が初めて家にきたときに買ってきてくれたモンブランだと気づいて、一気に硬直した。

抱きしめられて、服を脱がされてキスをされた――あのときの記憶がよみがえる。オオカミの真似をして「がお」と口を開けてから笑ってみせた、太一の屈託のない表情。対照的に、真紀の肌にふれてきたときの、いやらしく動く指さき。

もう友達としてうまくやっていくと決めたのだから、そんなことを思い出したぐらいで動揺してはならない。くじけるな、俺――。

真紀は「よし」とゆっくりと深呼吸をしながら、ケーキを皿に盛ると、お茶と一緒にリビングへと運んでいった。テーブルにトレイを置いてから、L字型に置いてあるソファのどこに座ろうかと一瞬迷った。

斜めに座れば距離がとれるが、太一が端のほうに座っているので、それこそほんとうに家庭訪問にきた先生と親みたいな雰囲気になってしまう。太一がわざわざ真ん中に座っていないのは、真紀の座るスペースを開けてくれているのだろうと解釈して、素直に隣に腰を下ろす。

ティーカップとケーキ皿を太一の前におくと、太一は「ありがとう」と礼をいった。

真紀は紅茶を一口すすってから、おもむろにケーキ皿を手にとった。余裕をもって、さりげなく話題にしなくては。

「このケーキ、前にも買ってきてくれたよな」

「覚えてたんだ？」

そりゃ忘れるわけもない——と思いながら、真紀はフォークでモンブランを一口すくった。以前、このケーキを食べたときは、初めて家に太一がきたことに緊張してしまって、味などほとんどわからなかった。

口にしてみると、渋皮色のクリームにほのかな洋酒が効いていて舌のうえでとろける。ちゃんと味わうこともできなかったなんて、前はもったいないことをしたんだなとあらためて思った。

「美味しいな、これ」

「——」

真紀が率直に感想を述べると、いつもなら真紀よりも先に「美味しい」といいそうな太一がなぜか黙ってしまった。動きを止めて、真紀の顔を凝視していたかと思うと、しばらくしてからやっと微笑んでみせる。

「よかった。真紀がよろこんでくれて」

うん、と答える代わりに、真紀はケーキを黙々と食べつづけた。頬がじわじわ熱くなってきた。

再び太一がこちらを見ているのを感じた。妙に貼りつくような視線が気になって、真紀はちらりと太一を振り返った。太一は何事もなかったようにケーキを食べる手をすすめたが、気がつくとまた手が止まっていて、その視線は真紀に向けられている。

……なんなんだろう。俺、なにか変なことした？

とまどいながらケーキを食べ終わったあと、真紀は太一に「なに？」とたずねた。

太一は「いや」といったんかぶりを振ったものの、眉根をよせて、口許に手をあてて考え込むような表情を見せる。

「――なんか真紀が」

「俺が？」

真紀がじっと見つめ返すと、太一は困ったように目をそらした。

「真紀が、今日は少しいつもと違うから」

「……どこが？」

友達として仲良くしようと覚悟を決めて行動しているつもりなのだが、なにか変に見えるのだろうか。また、俺は空回りして……？

一瞬ひやりとしたものの、太一の表情を見ていると、どうやら悪い意味でいつもと違うといっているわけではなさそうだった。なぜか照れくさそうにしている。

「美味しそうにケーキ食べてくれたりするし」

「いつも不味《まず》そうに食べてるか？」

「そうじゃないけど。前は俺が緊張させてたのかなって」

最初に家に遊びにきたときのことをいっているのだとわかって冷や汗をかいた。あのときはせっかく真紀が食べたいといっていたケーキをおみやげにもってきてくれたのに、テンパっててろくに感想を伝えた記憶もないのだから、買ってきた本人にしてみればがっかりしたに違いない。

「あ……ありがと。前は俺が食べたいっていったの買ってきてくれたのに、その、反応薄くて……」

「――それはべつにいいんだけど」

太一はまた黙り込んでしまい、困ったように眉根を寄せた。

「そういうとこがなんか――いつもそうなんだけど、でも今日はいつもよりもずっと……」

口許を再び手で覆ってしまったのでよく見えなかったが、唇の動きで少し先が読めた。

――ずっと、かわいい。

そういっているようだったが、どうしていいにくそうに声を小さくしてしまうのかがわからなかった。先日もこちらが困惑するのもかまわずに「かわいい」と連発してたくせに。

冗談で「かわいい」といわれても焦るが、わざわざいいにくそうにされるのも変に意識してしまって、目をそらすしかない。先ほどまでリラックスしていたはずなのに、妙に緊張してきた。

「――真紀、いいにおいするね」

ふいに話題を変えられて、さらにとまどう。太一の少しぼんやりした目を見て、真紀は首をかしげた。

「え？　そ、そう？」

「うん。シャンプーのにおいなのかな」

たしかめるように、太一が身を寄せてくる。

体温が近づいてきた途端、先ほどケーキの箱を開けてモンブランを最初に見たときに頭のなかに思い浮かべた映像が再び甦ってきた。初めて家にきたとき、緊張していた自分に向けられた太一の悪戯っぽい表情。のしかかってきた体温。指が……。

「すごくいいにおい」

髪に伸ばされてきた手を間近に見て、さらに記憶がフラッシュバックする。肌をなぞって、敏感な乳首をつまんで揉んだときの指の動きを思い出して、全身が一気に火照った。

ドクンドクンと心臓の鼓動が大きくなる。自分以外に聞かれてしまうのではないかと思うほど——。

真っ赤になった真紀を見て、太一が目を細めた。すべて透視されているのではないかと思うような、すっと心のなかに入り込んでくる視線。たぶん真紀の心臓がいまにも破れそうになっているのも見えてしまったかもしれない。

……駄目だ、俺、へんだ……。

くらりと眩暈を覚えた途端にふいに腕をつかまれて、力強く引き寄せられる。「あ」と思ったときには、太一が身をかがめるようにして、吐息が近づいてきた。唇が重なる。

「――ん……」

最初は軽くキスされただけだった。すぐに離れて、次にチュッチュッと鼻先や頬に唇を這《は》わされる。

真紀が「や」と顔をそむけようとすると、再びぶつかるように顔が近づいてきて、唇を深く吸われる。そのまま体重がかけられて、ソファの上に倒された。

「……ん――や」

顔を横に向けようとしても、太一は許してくれずに真紀の髪をなでながら頭をおさえつけるようにキスしてくる。

そのうちに、硬くなっているものが太ももに当たる感触がして、「え」と真紀はパニックになった。これは、太一の……。

「や……っ」

真紀がやっとのことでのしかかってくるからだを腕で押しのけると、太一はそこでようやくはっとしたように動きを止めた。

自分でもなにをしたのか信じられない様子で起き上がり、すばやく真紀から離れる。ひどく決まりが悪そうに何度か髪をかきあげ、ためいきをつく。

「…………ごめん。友達として仲良くしようっていったのに。どうかしてた」

動揺しまくっているせいで、真紀はなにをどういったらいいかわからずに、「……あ……うん」と頷く。

「ごめんね。――許してくれる？」

太一がほんとうに申し訳なさそうな顔をしているので、真紀は「大丈夫だよ」といわざるをえなかった。頭のなかにはまだ切れ切れの感情がとっちらかって、渦巻いていたけれども。

なんでキスなんてされたのか。それに太一の――反応してた。でも、友達として仲良く……。

太一は真紀の顔をしばらくじっと眺めていたが、もう一度深く嘆息すると、ソファから立ち上がる。

「俺、今日は帰るね。これ以上変なことしたら困るから」

「あ……うん」

「ほんとにごめんね。さっきのナシだから。こんなこと、するつもりじゃなかった」

反省してるのはわかるが、とんでもない間違いを起こしてしまったみたいに力強く否定されると、複雑な気分だった。

さっきのキスはそんなに全力で後悔するようなことだったのか？

さすがに引き留める言葉もなくて、真紀はその場でリビングを出ていく太一を見送った。

太一が出ていってしまうと、切れ切れになっていた感情が集まってきて、巨大なもやもやとなって心にのしかかる。

なんでキスされたんだろう。つきあってたときも、二度目のデート以降はまったくされなかったのに。家に「こない？」と誘っても、そういうムードを避けるように「外に行こう」といって遊びにこなかった。こっちが不安になってキスしてもらいたかったときに、全然してくれなかったくせに。なんで今頃、あんなキスするんだろう。そして、「ナシだから」と全否定。

——わからない。

せっかく友達としてうまくやっていこうと覚悟した矢先だったのに、真紀の決意は早くも挫《くじ》かれた。ソファにどっと倒れ込み、先ほどのキスの感触を思い出して顔をしかめる。

今回ばかりは心のなかで思い切り罵《ののし》ってもいいような気がした。太一の馬鹿。

「…………」

怒っているはずなのに、知らず知らずのうちに唇をそっと指でなぞっていた。唇に残された感触が消えない。

……ドキドキしたのに……損した。

あのキスはいったいなんだったのか。どんな顔をして太一《たいち》の顔を見ればいいのか。真紀は一晩中ぐるぐる考えていたが、翌日、バイト先の更衣室で顔を合わせた太一はいつもどおりに笑いかけてきた。

「昨日《きのう》はほんとにごめんね、真紀《まき》」

爽《さわ》やかな笑顔に圧倒されてしまい、真紀は「あ……いや」と声を詰まらせる。

「今度、お詫《わ》びに真紀の好きなもの奢《おご》るから」

こっちがネチネチと拗《す》ねるような雰囲気でもなくて、真紀は「お、おう」と男らしく答えるしかなかった。しかし、心のなかでは昨夜《ゆうべ》よりも巨大化したもやもやが渦を巻いた。

——なに？　これ？　どういうこと？

シフトが一緒だった亮介《りょうすけ》がふたりの会話を聞いて、「なに？　なんのこと？」とおもしろそうに肘《ひじ》をつついてきたので、いっそすべてをぶちまけたい衝動にかられたが、結局話せなかった。

おそらく太一や亮介にしてみれば、キスなんておふざけで友達とすることもあるのだろうし、騒ぐことでもないのだろう。亮介が太一のいままでつきあってきた相手を、「友達に戻ったあとでも寝れるような割り切ったタイプばかりだったし」と評していたことを思い出したのだ。

太一ももしかしたら、いままでの元カレと同じ気分で真紀にキスしてきたのかもしれない。でも、そういえばこいつは違った――と途中で気づいたのだろう。それはいい。人間、誰にでも間違いはあるのだから。

もやもやが巨大化している理由は、つきあっていたときにはキスしてくれなかったのに、友達になってからどうしてその気になったのかがわからなかったからだ。

二度目のデートで肌にふれてから、ぱったりと接触がなくなったのは、太一にとって自分が性的に好みじゃなかったんだろうと思っていた。つまらないと感じたか、関係を進める価値がないからこれ以上深入りするのはやめておこうと判断したのだろう、と。

それなのに、昨夜の太一は身体的にも反応していた。なぜ？　もしかしたら、つきあっているときにはムラムラしなくても、友達になったらなんの責任もなくて気楽だから俄然《がぜん》やる気になったとか？　……そういう斜め上を行くタイプだったのだろうか。そんなの、イヤすぎる。

太一の何事もなかったような態度を見て悩むだけ無駄だとは思いつつも、昨夜の接触は真紀には刺激が強すぎた。深く考えないでおこうとしても、ズボン越しの硬い感触を思い出すと、頬《ほお》が焼けそうに熱くなるのを止められない。

以前、挿入はしなかったが、とりあえずアレにふれたことはある。だけど、真紀は半分パニック状態だったたし、「さわって」と手をとられて太一のものを握ったときも、無我夢中でほとんど覚えていなかった。裸も目にしているはずだが、たいてい目をつむっていたから、全体の記憶がところどころ曖昧《あいまい》なのだ。それが、昨日の接触のせいで妙に生々しく甦《よみがえ》るようになってしまった。

過去に自分にふれてきた太一の指の動きを鮮やかに思い出す。乳首や局部を刺激するのを見たとき、爽やかな顔してて綺麗《きれい》な指だけど、普通にエロいんだな……と。

もうつきあってるわけじゃないのに——こんなことを考える俺はおかしい。

「——真紀くん？」

あらぬ方向に意識を飛ばしていたせいで、バイト中だというのにどこかぼんやりしていたのだろう。パントリーに下げた食器を落としてしまい、はっと我に返った。

「どうしたの？　真紀くんらしくないな。具合でも悪い？」

店長に注意にされて、真紀はひたすら「すいません」と頭を下げた。バイトとしては古株なので、こんなミスはめったになかった。床に落ちた食器の破片を片づけながら、情けなくなる。

……馬鹿だ。欲求不満か、俺。

「真紀？　大丈夫？」

太一が掃除用具をもってきて、片づけを手伝ってくれた。破片を拾いあつめる指先を見ているうちに、また意識があやしい方面に飛びそうになって、あわててかぶりを振る。

「あ……ありがと」

手伝ってくれたお礼をいいつつも、真紀はまともに太一の顔が見られなかった。


さすがに太一もその後数日間はバイトで顔を合わせても、「ごはん一緒に行こう」とは誘ってこなかった。

当然だと真紀もほっとしたものの、しばらくするともしかしたらこのまま二度と声をかけてくることはないのだろうかと心配になってきた。

家に居づらいことを真紀になら愚痴れる、といっていたのに——友達としてうまくつきあえそうだったのに、あのキスのせいで台無しになってしまった。太一は「ごめん」と謝ってきたのに、自分の反応が気づかないうちに悪かったのだろうか。おおげさにとらえすぎた？

こういうとき、太一のほかの割り切ったつきあいとやらの元カレだったら、もっとサバサバしているのか。自分がそういうタイプだったら、仲良くやれたのだろうか。

だからといって、自分が同じようになれるとは到底思わず、またなる必要もないのだけれども……。

「――真紀」

キスされてから一週間ほどが経《た》ち、昼の部でバイトが一緒になった帰り、更衣室で太一が声をかけてきた。

緊張しすぎて、「――なに」と睨《にら》んでしまう真紀に、太一は困ったように笑った。

「まだ怒ってる？　ごめん。そろそろこのあいだのお詫びさせて。奢るっていっただろ？」

「………」

俺が――怒ってる？

きょとんとしながら、真紀は思わず自分の頬に手をやった。……怒ってる、ように見えるのか？　距離をおかれたと思って、悩んでただけなのに。

「真紀は全然、俺の顔見てくれないから。まだ許してくれてない？」

もうすでに謝罪に応《こた》えていたつもりだったが、太一の顔をまともに見ようとしなかったから、まだ怒っていると思ったのだろうか。黙っているとツンして見えるのは自覚してるけれど。

顔を見られなかったのは、意味が違う。変なことを想像して、欲求不満みたいで恥ずかしかったからだ。真紀も正常な二十歳《はたち》の男子なので、接触があればいろいろ反応してしまう。

いまもまともに顔を見ると、下半身に妙な熱が湧《わ》きあがりそうになる。

キスなんて……情けないことに久しぶりだったし。

「なんで俺が怒ってるって思うんだ？　俺はべつに――」

「だって、真紀はいいかげんなこと嫌いだろ。だから、口では『うん』っていっても、きっと心のなかではまだ怒ってるんだろうなって思ってた」

「………」

自分の表情がツンツン怒っているように見えたというよりも、太一は真紀の性格からして許せないことだったかもしれないと判断したのか。

実情とは少しズレていたけれども、表面的なことよりも、内面を察してくれたのだと考えるとじんわりうれしかった。

以前は経験不足を見抜かれないようにとよけいなことを考えて、太一の前ではほんとうの感情をださないようにしたこともあった。

だけど、正直にいうと、あんなふうに突然キスされて……。

「……びっくりした」

正直な気持ちを伝えると、太一はあらためて申し訳なさそうな顔になった。

「うん、そうだよね。ごめんね。驚かせたよね。ほんとに真紀にあんなことするつもりなかったんだ」

「もういいよ」

真摯《しんし》に謝ってくれるのはうれしいが、あくまでもあれは間違いだったと強調されると、それはそれでもやもやする。

……あれ？　なんで？　ちょっと苛《いら》ついてるんだ？　俺は……。

「なんでも奢るよ。好きなものいって。なにがいい？」

「――考えとく」

太一は「了解」と答えてから、「一緒に帰ろ？」と笑いかけてくる。よかった、またこの笑顔を見られたと安堵《あんど》しながら頷《うなず》く。

先ほど「びっくりした」と正直に気持ちを伝えられたことで、いつにない満足感が真紀のなかに広がっていた。普段なら「べつにあんなの気にしてないよ」と強がってしまうところだが、わざわざ平気なふりなんてしなくても、太一はきちんと受け止めてくれる。自分を実物と違うように見せたり、強がらなくてもいいのだ。友達なのだから。

帰り道の途中で、「ちょっと話そうよ」といわれてカフェに入った。あらためて差向いに座ってコーヒーを飲んでいると、太一が以前よりもどこか甘ったるい視線を向けてくるのに気づく。

「……ほんとにびっくりさせてごめんね」

「もういいって」と視線をそらす真紀を見つめる太一の目は、申し訳なさそうであると同時に、過剰な糖分に満ちている。キスが間違いだったというわりには、その蜜《みつ》みたいな視線の意味がわからなくて、真紀の頭のなかにはクエスチョンマークが増殖した。

再び声をかけてくるのに一週間時間を空けたのは、太一なりに考えた結果らしい。

「ほんというと、今度こそ真紀に嫌われたかと思って内心テンパってたんだ。いつ誘いの声をかけたらいいんだろうって悩んで……。今日はもうそろそろいいかなって」

意外な言葉に、真紀は目を丸くした。キスしてきた翌日も、太一はまるで何事もなかったように笑いかけてきたのに。

「……そんなふうに見えなかったけど」

「これでも普通に接しなきゃって必死だったから」

「そうなんだ」

あっけらかんとしてるから、太一には友達になった元カレにキスするのなんてなんでもないことかと思っていた。むしろ友達になったから気軽に手をだしてきたのかと考えてしまったではないか。

それにしても——じゃあ、なんでキスしたんだろう。

むしろそこが気になる。太一は謝ってくれたけれども、理由がすっぽりと抜けている。「そんなつもりじゃなかった」はずが、どうして真紀にふれてきたのか。

なんとなくそんな気になったから？　今はつきあっている相手がいなくて、ついムラムラした――とか。

たとえ衝動的であっても、キスしたってことは……。

真紀が意を決して「どうしてキスしたのか」とたずねようとしたとき、通路からふいに呼ぶ声がした。

「――あれ、太一」

振り返ると、ひとりの男が手を振りながらこちらに近づいてくる。

スーツを着ていたが、一見してすぐにサラリーマンではなく、就活中の大学生だとわかった。

「ちょうどよかった。おまえに連絡しようと思ってたんだよ。久しぶりー」

リクルートスーツ男は、やけに親しげに太一に声をかけてきた。太一も笑顔で男を見やる。

「鷲尾《わしお》さんは就活のほう、どう？」

「いやいや、大変」

親しげな雰囲気から察する。ただの先輩ではない――？

眼鏡をかけているせいで一見真面目そうだが、細面《ほそおもて》の男の顔には妙な色気があって、ひとめで「お仲間だ」とわかった。普通の男にしては小奇麗《こぎれい》すぎる。

「あれ、ずいぶん綺麗なの連れてんなあ。相変わらず面食いなのな、おまえ」

男は真紀にちらりと目を向けて、「紹介しろ」と太一の肩をつつく。

太一はあきらかに「まいったな」という表情になっていた。真紀には会わせたくなかった相手なのだ。

「……真紀、これ鷲尾さん。こんなだけど、普段は外面《そとづら》よくて真面目で優秀なんだよ」

「なに、その紹介の仕方。ひっどいなあ。……よろしく。真紀ちゃん。太一と同い年？」

男は太一の肩にごく自然に手をおいたままでいる。それだけならともかく、指が肩をなぞるように動いているのが気になった。

なんであんなにさわるんだろう……。人前なのに、ベタベタと。

本来なら一浪していることはあまりいいたくもないが、男の態度が勘にさわったので、真紀はかぶりを振る。

「いっこ上。学年は一緒だけど、一浪してるから」

「あ、じゃあ俺とタメだね。やっぱ年上なんだ。こいつブラコンだもんねー」

うりうり、と鷲尾は太一の首すじあたりをつつく。

ベタベタして腹立つ——と真紀が内心歯噛《はが》みをしたところ、鷲尾がちらりとこちらを見た。その嫌な目つきから、あきらかに真紀の反応を見るために太一に必要以上にふれているのだと伝わってきた。

「ほんと、太一は年上の綺麗系が好きだね。おまえの趣味は見事なほどブレないわ」

「……鷲尾さん。スーツ姿でからまないでくれる？　どこで企業の偉い人が見てるか知らな

いよ。やっぱり就活でストレスたまってるんでしょ？」

「馬鹿いうな。とはいえ、結構しんどいから、いいとこ決まったら、ご褒美ちょうだい」

「就職祝い？　なにがいいの」

親しげなやりとりを聞いているうちに、ぴくぴくとこめかみが引きつる。

――やだ、そんなやつに祝いなんてくれてやるな。

嚙みつかんばかりの形相の真紀を見て、鷲尾がにんまりと唇の端をあげた。

「んー。この子の前じゃいいにくいから、また今度おねだりするわ」

「はいはい。彼氏によろしく」

鷲尾はいったん去りかけたものの、ぴたりと足を止めて振り返る。

「あ。別れたんだわ」

太一が驚いたように「そうなの？」とたずねると、鷲尾はなぜか真紀をちらちらと見た。

「そうなの。またその話はじっくりね。……なあ、明日とか、家にいる？」

「ん。明日はバイトないから、たぶん」

「そう。じゃあまた連絡するわ」

鷲尾はにこりと笑うと、再び真紀を見て、「じゃあね、真紀ちゃん」と手を振る。二度と会いたくないと思いながら、真紀が「さよなら」と吐き捨てるようにいうと、鷲尾は目をぱちくりとさせたあと、「すげえ気《きい》つええ、こえー」と楽しそうに呟《つぶや》いて去っていった。

……殺してやりたい。

ふたりのあいだの不穏な空気をさすがに感じとったらしく、太一は鷲尾の後ろ姿と真紀の顔を交互に見比べ、困ったような顔を見せた。

「……真紀が綺麗だから、鷲尾さん対抗心燃やしてるんだよ。あのひと、おもしろいんだ」

「仲いいの？」

「うん、まあ」

まさか、あれも元カレ——。

もしそうだといわれてしまったら、限りなく凹《へこ》んでしまいそうなので、真紀はあえて問い詰めなかった。

先ほどの太一と鷲尾のやりとりを見ていて、気づいたことがある。

鷲尾に肩に指を這《は》わされても、首をつつかれても、太一は平然としていた。さわられることになんの抵抗もなさそうだった。

ここは普通のカフェだから、あれぐらいの接触ですんでいたが、二丁目などの店でもし会っていたら抱きあうことぐらい全然平気そうだった。たぶんキスしたって、笑っていられるだろう。

そこまで考えて、「なんだ」——と心のなかで呟く。太一が自分にふれてきた理由も、鷲尾との距離感を見ていたら、聞くまでもないような気がしたのだ。

ただうっかりとそんな気分になってキスしてしまっただけ。もし、これが真紀以外の元カレや出会い系の店に出入りしているゲイの友達だったら、きっとなんの抵抗もないに違いない。キスして……そのまま関係を深めることもあるのだろう。

先ほど「どうしてキスしたんだ」などと真面目に問い詰めなくてよかったのかもしれない。とんだ恥をかくところだった。

やっぱり人種が違う。獣め、宇宙人め。

真紀の表情から再びなにかよからぬものを感じたのか、太一が弱り果てたように苦笑した。

「真紀？　鷲尾さんは、友達だよ」

「ふうん……」

友達だってキスするくせに——と思うと、表情がこわばるのはどうしようもなかった。

鷲尾とふたりで会ったら、太一はもっとからだにさわらせても平気なんだろうか。鷲尾も彼氏と別れたといっていた。フリー同士なら、そのまま深い関係になったりして……。

明日連絡する——と鷲尾がいっていた台詞《せりふ》を思い出したら、どうしようもなくムカムカしてきた。

もうつきあってるわけじゃないから、自分があれこれいえる立場じゃないけど……でも。

「太一、さっき、俺に奢ってくれるっていった？」

「うん。なにがいいか決まった？」

鷲尾から話がそれたと思ったのか、太一はあきらかに安堵したように見えた。それがまたどこか後ろめたいことでもあるのかと勘ぐってしまう。

こんなことをいったらどう思われるのかわからない。でも、いまはどうしてもそうしたい。

「外でなにか食べなくてもいいから、明日うちにきて。バイト休みだろ？　俺も休みだから」

太一は困惑したように眉《まゆ》をひそめた。

「真紀の家？　でも……」

「家で昼になにか料理作って。太一が昼に作ってくれたら、俺が夜に作るから。明日、うちに遊びにきて、一日中いて。友達なんだから、いいだろ」

「……いいけど」

あっけにとられたように答えてから、太一は口許《くちもと》を押さえて迷うようなそぶりを見せた。

「……でも、俺はいいけど、真紀は平気なの？　俺が家に行っても」

「なにが」

「…………」

その沈黙でキスしたことを気にしているのだとわかった。ふたりきりになると、友達でも妙な気になってしまうといっているのだろうか。

真紀は太一と亮介のほかにはつきあいがないからわからないが、ゲイの友達ってそういうものか。セフレ成分も何%か込みみたいなのがお約束なのか。だとしたら、少し真紀にはハードルが高い。

それでも明日太一をひとりにしておいたら、さっきの鷲尾とかいうやつから連絡がきて会ってしまう。ふたりで話しているうちに、お互い彼氏がいなかったら、妙な関係に発展してしまうかもしれない。その可能性は十分に察せられた。

「明日バイトないから、予定ないって、さっきの鷲尾ってやつにいってたじゃないか」

真紀が恨めしげに睨むと、太一はようやく合点がいったように頷いた。

「いいよ。わかった。明日は一日真紀につきあうよ。……そっか。真紀も鷲尾さんに対抗心あるんだね。美人同士だとはりあうんだ」

どうやら先ほどの不穏な空気を勘違いしているらしい。亮介じゃあるまいし、そんなポジティブに己を捕えていたら、こうまでねじりキャンディみたいにグルグル思考になるものか。どうして自分を巡っての対立だということに気づかないのか。

「そうか、ふたりとも綺麗だからね」

微笑《ほほえ》ましいものを見るように口許をゆるめる太一に、真紀はひそかに唸《うな》った。……こいつ、天然にもほどがある。

「そんなんじゃない」

「大丈夫。どっちが綺麗か投票しろっていわれたら、俺は真紀に一票だから」

いや、そういう話じゃないんだけど……と思いつつも、真紀はうつむいてひそかに頬を赤くした。
真紀に一票――選んでもらって悪い気はしない。

太一が家に遊びにくる。一日中、ふたりきりで一緒に過ごせる。

いままでも太一は何度も家にきているけれども、今回は意味が違った。いつもは太一のほうから「真紀の家に行ってもいい？」と訊かれて、真紀が頷いてきただけだった。

だが、今回は真紀のほうから誘った。思えば、つきあっていたときも太一が家にきたのは「次は真紀の家に行ってもいい？」といわれた二回目のデートのみ。あとはいくら真紀が「家にこないのか」と訊いても、「外で遊ぼう」とことわられてしまった。

要するに、明日は真紀の招待で初めて太一が家にくる日なのだ。

家に帰る途中で、真紀は明日のためにと携帯で夕飯のためのレシピをさがしながら、スーパーに下見にいった。

太一にはお昼を作ってほしいといったけれども、料理をしていると結構せわしないので、お好み焼きをリクエストした。ホットプレートで焼きながら食べれば、ふたりでのんびりと過ごせるからだ。

あれこれレシピは見たけれども、残念なことに練習する時間がないから、夜は失敗のないカレーにしようと決めた。魚介類をたっぷり入れたシーフードカレーにすればきっと喜んでくれるに違いない。ちょっと贅沢《ぜいたく》かなというぐらいに具だくさんにしよう。あとはサラダでも作って……。

太一ならきっとなんでも「美味《おい》しい」といってくれるに決まっているから、よけいな心配はしなくてもいい。一生懸命に作ればいいだけ。

どこか浮き浮きした気分でスーパーの海鮮売り場をうろうろしているときに、ふっと我にかえる。

……なにやってるんだろう、俺。

なんで太一が家に遊びにくるってことで、こんなに浮かれてるんだろう。少し前までは顔を合わせるのが気まずいからバイトもどうしようと考えていたくらいなのに。

なぜ、あの鷲尾とかいう男と親しくしてほしくないと思ってしまったんだろう。つきあっているわけでもないから、そんな権利ないのに。

また頭のなかがねじりキャンディになるだけのような気がして、真紀は深く考えることを避けた。

それでもその夜は、太一が再び声をかけてくれて友達づきあいが始まったこと、明日は家に遊びにきてくれること——を考えると、遠足前の子どもみたいに興奮して、なかなか寝つけなかった。

おまけに鷲尾の登場で、いままで具体的に想像できなかったことまで考えてしまった。

太一は友達でも親しげにさわることがあるんだろうか。俺にキスしたみたいに……？

さらに先日、真紀にキスしてきたときに、太一の下腹が反応していたことを思い出して布団のなかで真っ赤になってしまう。俺で興奮してくれたんだろうか……。また間違いがあったら、どうしよう……。

結果――。

いろいろ考えすぎたせいで、寝不足になり、真紀は目の下にクマをつくるという最悪のコンディションで翌朝を迎えた。

それでも太一がきてくれれば、気分は晴れるはずだったが――。

午前十一時過ぎ、約束通りに昼ごはんから一緒に食べるために、太一はスーパーの買い物袋を片手に真紀の家を訪れた。しかし、思いもよらないオマケがふたつついてきた。

「こんにちは。真紀ちゃん」

「こんにちは。ぼくたち、お好み焼き食べにきた」

ドアを開けた途端に、悪魔の二重唱が響いて、真紀はげっそりした。

太一はひとりではなかった。亮介の弟の双子――秀巳《ひでみ》と和巳《かずみ》をなぜか連れていた。

真紀が明らかに不機嫌な反応を見せたからか、双子たちの背後で太一が弱った笑いを見せる。

「真紀。お昼はこの子たちと一緒でいいかな。ちょうど昨日、ご両親がそろって夜出かける用事があったとかで、うちに泊まりにきてたんだ。俺が真紀のうちに出かけるっていったら、この子たちの家はこの近くだから、送っていってくれって亮介に頼まれて」

「そうなんだ？」

よけいなことを頼むな、と真紀はひそかに亮介を呪《のろ》いながら微笑んだ。

「じゃあ、おばさんがきっと心配してるから、お昼食べてからじゃなくて、すぐに送り届けたほうがいいんじゃないかな。ほんとに歩いて十五分ぐらいのところだから、俺がこのままふたりを送ってくるよ。太一は家で待ってて」

真紀は双子を家にあがらせるまいと玄関に下りて、「ほら、行くぞ。チビども」と声をかける。

秀巳と和巳は顔を見合わせて、「えー」と不満そうに唇に指をあてた。

「お好み焼きは？」

「太一くんが焼いてくれるっていってたのにね」

どうやら太一はここにくるあいだに、真紀がリクエストした昼食メニューを話してしまったらしい。

冗談ではない。ホットプレートをはさんで、太一とまったり過ごすつもりだったのに、そここにこの双子が加わったら戦場になる。

「お好み焼きなんて、いつだって食べられるだろ。それに、俺と太一は、おまえたちの好きな亮介やお兄ちゃんと違って、たいして料理上手じゃないから、ガッカリする」

なんとかいいきかせようとしたが、双子は頑固に首を振った。

「そんなことないよ。みんなで焼いて食べると美味しいよ」

「ねー。ぼくたち、真紀ちゃんが下手《へた》なら、お好み焼き、ひっくりかえしてあげるよ。上手にできるもん」

「真紀ちゃんたちが下手なら、ぼくらが頑張るよね」

「うん。みんなで協力すればいいよね」

お好み焼き、お好み焼き——とふたりが合唱しながら手をとりあい、踊りださんばかりの勢いだったので、真紀は唇を噛みしめた。

こいつら、かわいいしぐさをすれば、周囲のおとなが皆いうことをきくと学習しやがって……。

苦々しく顔をしかめつつも、「ねえねえ、真紀ちゃん、お好み焼き」とつぶらな黒い瞳で見上げられて腕を引っ張られると、さすがにそのパワーに敗北するしかなかった。

「……わかった。あがれよ。ただし、昼飯食ったら、速攻で送っていくぞ」

「わーい」と万歳して、秀巳と和巳は靴を脱ぐと玄関を「お邪魔しまあす」と上がる。

べつに双子とお好み焼きを食べるのがいやなのではない。ただ、こっちには太一とふたりきりで過ごしたかったという大人の事情が……。

「真紀、ごめんね。あのふたりには逆らえなくて」

太一に謝られて、真紀は「いいよ」とかぶりを振った。仕方ない。あのふたりに対抗できるわけがない。昼は子守りだとあきらめた。

太一が準備をしてくれるというので、双子とリビングでゲームをしながら待つ。ほどなく「はじめるよ」と声をかけられて、ホットプレートをおかれたダイニングのテーブルの前に集合した。

「わあい、ぼくは一番大きいの」

「ずるいよ、秀巳」

「だって早い者勝ちだもん」

和巳が「ひどいー」と訴えるので、真紀は「喧嘩《けんか》するな」とふたりの頭をぽんぽんと叩《たた》く。

「一番大きいのは俺が食べる。おまえたちは次にでかいの」

真紀は双子たちの周囲でとりあえず一番怖い大人として通っているので、ふたりは不満そうな顔をしながらも「はあい」ということをきく。

太一が少しびっくりしたように自分と双子の様子を見ているのに気づいて、真紀は恥ずかしくなった。子どもに対して乱暴なやつ、と悪印象だっただろうか。だけど、これは俺なりに双子をかわいがっているつもりで……と心のなかでいいわけをする。

みんなで焼くお好み焼きはたしかに美味しかったが、太一とふたりきりの時間が削られていくたびに内心嘆かずにはいられなかった。

「ほら、もうお腹《なか》いっぱいだよな。終わりだろ？」

真紀が食事の終了をせかしても、双子は「まだ焼くう」と粘る。

「このあと、少し遊んで休んだら、今度はこれでパンケーキ焼くんだよね」

「ねー。桃缶と生クリーム、買ってもらったもんね。チョコソースとはちみつ、両方かけるんだよね」

恐ろしいことをいわれて、真紀はあわてて太一を見た。こいつらに居座る材料を与えたのか。

真紀の凄味《すごみ》に気圧《けお》されたのか、太一はわずかに目をそらす。

「……一緒に買い物したから、パンケーキの材料も買ったんだ。同時に焼けばいいと思ったけど、それだけお好み焼き食べたら、すぐにはお腹すかないよね。これ、いったん片づけたら、アニメのＤＶＤ見ようよ。この子たち、お兄ちゃんが買ってあげたやつをちょうど持ってるから」

昼ご飯を食べたら送り返すつもりだったのに、結局その後天使兄にプレゼントしてもらったというアニメのＤＶＤを一緒に見た。「そろそろおやつの時間かな」と再びホットプレートの前に集まってパンケーキを焼きはじめたのは三時過ぎ。最悪なことにお腹がいっぱいになった双子は帰るどころか、その後、お眠《ねむ》になったといってソファで寝てしまった。すでにもう夕方だが、一時間ぐらいは起きないだろう。それですぐに帰ってくれればいいが……。

「………」

すやすや眠る双子たちにタオルケットをかけながら、真紀が「亮介、あの野郎」と呪詛《じゅそ》の言葉を心のなかで呟いたのはいうまでもない。正直泣きそうだった。

今日は太一とふたりで……ふたりで……。

「真紀。コーヒー淹《い》れたから、こっちおいでよ」

太一に声をかけられて、真紀はひそかに心の涙をぬぐいながらダイニングに移動した。どうぞ、とテーブルの上にコーヒーをそそいだマグカップが差しだされる。

「子どもの相手って疲れるよね。真紀は従兄弟《いとこ》だからか、双子もうちに遊びにきてるより、さらに元気で遠慮ないな。でも真紀のいうことはすぐきくんだね。亮介はもうちょっと舐《な》められてる感じするけど」

「俺は怖いって思われてるから。『真紀ちゃんは意地悪だ』っていつもいわれてるし」

丁寧に淹れられたコーヒーを飲んで、ほっと息をつく。ようやく大人の時間がきた――という感じだ。

「そんなことないんじゃない？　今日も一緒にここにくるとき、双子たちは『真紀ちゃんとお好み焼きー』って楽しみにしてたよ。『ツンツンしてるけど、ほんとはぼくたちのこと好きなんだよねー』って」

秀巳と和巳がそんなことを……愛の鞭《むち》は通じていたのか——と真紀は感激しそうになりつつも、さすが亮介の弟たちだと思った。あいつの血筋は基本的にうぬぼれだ。

「……真紀はどんな子どもだったの？」

いきなり妙なことを聞いてくるなと思いながらも、双子たちに振り回されていたせいか、身構えることもなくするりと答えられた。

「よく勘違いしてる子どもだった」

「勘違い？」

「周りと自分がよく見えてないっていうか。空回りっていうか。母親が『赤が似合うから』っていってよく赤い服を着せてくれたんだ。赤は主役の色だからって。俺はてっきりヒーローって意味だと思ってたんだけど、母親は『赤ずきんちゃんみたいだから』って赤を着せてたらしくて。……それ知ったときに頭にきたんだけど——なんか馬鹿みたいだよな。よく考えたら子どもの頃はしょっちゅう女の子に間違われたし。どう考えたって、ヒーローのわけないのに。自分がわかってない」

「真紀はヒーローになりたかったの？」

「そうじゃないけど……」

勘違いして、空回りしている性格の根本は、あのときから始まっているような気がするのだ。他人に自分がどう見えているか、客観的に理解できてない。でも、「どう見えるのか」と意識するようになってからは、もっと空回りで……。

「今度の人形劇、演目が『赤ずきん』と『三匹の子豚』なんだよね。真紀も人形動かしてみる？　うちで人形を動かして演じるのは、基本的に女の子なんだけど」

「絶対にやだっ」

真紀が本気で拒否すると、太一は「冗談だよ。男は裏方でいいから」と笑ってから、悪戯っぽく「しーっ」と唇に指をあててみせた。

「あんまり大きな声だすと、子どもたちが起きちゃうから。ね」

「……」

なんだかそんなふうにいわれると、子どもを寝かしつけたあとで大人の話をしている若夫婦みたいだな……と考えかけて、真紀は耳が熱くなった。

……馬鹿だ、俺。男同士で、どんな妄想してるんだか。

「──た、太一は？　どんな子どもだった？」

「わがままな子だったよ。お兄ちゃんがなんでも叶《かな》えてくれたから」

「いい子そうなイメージだけど」

「いい子だったとは思うけど。どうかな。真紀と子どもの頃に知りあってたら、『胡散臭《うさんくさ》いやつ』って敬遠されてたかもね。『おまえのいうことなんてぜんぶ嘘だ』ってイジメられてたかも」

「……あ、あれは深い意味なんてなくて。謝ったのに、まだ根にもってるのか」

真紀が焦って説明しようとすると、太一は「冗談だよ」とにっこりと笑ってみせた。楽しそうな様子に、ひょっとして結構腹黒なんでは——といぶかる。

「まあ、お兄ちゃんがすごく子ども好きだったから、かわいがられたよね。それだけは間違いないけど」

「太一も子ども好きだよな。ボランティアのサークルとか、偉いよ」

「あれはお兄ちゃんが学生のときも同じようなのをやってたんだよ。だから、大学に入って同じサークルに入っただけ。お兄ちゃんと同じことやって、同じものを見たかったんだ。それに、児童養護施設の子とか見てると、他人に思えないしね。俺ももしかしたら施設に入ってたかもしれないから」

え——と初めて聞く話にとまどう。

「……そうなのか？　なんで？　お兄さんが太一を育てたって……」

「うん。お兄ちゃんが俺を引きとるために頑張ってくれたから、入らずにすんだんだよ。再婚した両親が亡くなったとき、俺は母方の親戚《しんせき》に行くって話もでてたんだけどね。……お兄ちゃんは、いままでも血がつながった人たちに育ててもらう道もあったのにごめんなって申し訳なく思ってるみたいだけど……、母方の親戚が引きとるっていってたのは、お金目当てで……ほら、お義父《とう》さんたちの遺産は、再婚のときに俺も養子にしてもらってて一応権利があったから。お母さんはひとりっこで、祖父たちももういなかったから、ほんとのところは俺と縁が深いひとはもう親戚にもいなかったんだよね。だからもしも、ほんとにあっちに行ってたら、なんだかんだいって、すぐに施設に入れられてただろうって。向こうの親切なひとが教えてくれて。俺も当時は全然そんな事情知らなかったんだけど」

「………」

いきなり複雑な裏事情を聞かされて、真紀はなにをどういったらいいのかわからなかった。

太一は「内緒」というように唇に指をあててみせる。

「これ、初めてひとに話した。お兄ちゃんもたぶん知らないんだよ。お兄ちゃん、善意の人だから。お母さんの親戚を悪く思われたくなくて、俺もなんとなく話してないんだ。当時は俺もなにも知らなくて、運よく『お兄ちゃんと一緒にいる』って頑固にいいはったから、いまの暮らしができてるけど、もしかしたら……って思うと、いろいろ考えることはある。お父さんたちが亡くなったとき、お兄ちゃんはまだ高校生だったのに俺のために必死になってくれて……だから、お兄ちゃんには一生頭があがらないよね」

太一が異常なほどブラコンなのはそういう事情のせいもあったのかと納得した。天使……そう形容するのは、おそらく知らないうちに自分を救ってくれた相手だからだ。

「大きくなったら、俺がお兄ちゃんを守ってあげるんだと思ってたんだよ。でも、お兄ちゃんはいつまでたってもお兄ちゃんで、俺はかないっこないから」

太一が家族思いな理由はよくわかった。そんな経緯があったのなら、育ててくれた兄には血縁など関係ない深い愛情があるのだろう。だからこそよけいに――太一のなかで兄の存在がほんとうはどんな位置を占めているのか気にかかる。

「……太一は、お兄ちゃんのことすごく好きなんだな。その……恋愛相手としては？　考えたことないのか？」

この前、亮介にも同じことを聞いたのに、なんで本人にも質問してしまっているのだろう。恐る恐るぶつけた問いかけに、太一はきょとんとした目をした。

「――俺が、亮介のライバルになるかって心配してるの？」

「い、いや。そうじゃないけど……お兄さんも男が大丈夫だったわけだし」

ああ、なるほど――というように頷いて、太一は笑う。

「そうだね。それは正直ちょっとショックだったけど……でも、なんていうか。お兄ちゃんのことは大好きだし、誰かにとられるのも嫌だけど、自分のものでもないっていうか。俺の初恋はお兄ちゃんなんだけど……俺のことを弟として無償の愛情でかわいがってくれるお兄ちゃんが好きなんだよね、きっと。恋愛相手っていうよりは。うまくいえないんだけど、なんかもう存在自体が『お兄ちゃん』だから、あのひと。それ以外になりようがないっていうか」

「………そうなんだ」

なぜか心臓がドキドキして止まらなかった。そばにいても、いまいちなにを考えているのかわからなかったけれども、こうしてたずねれば太一はきちんと答えてくる。

双子がいたおかげでふたりきりの時間は減ってしまったが、いつになく太一が身近に感じられた。以前はブラコンなんだなと思うだけで、深く事情を聞いたこともなかった。つきあっているときよりも、友達になってからのほうが詳しい話を聞けるなんて皮肉だけれども。

しばらくすると双子たちが起きたので、真紀は夕飯の買い物もついでにしてくるからと太一を家に残して自分ひとりで送っていくことにした。

太一は「俺も行くよ」といいはったが、「頼むから家にいてくれ」とことわった。なぜなら、太一がついてくると、「夕ごはんの買い物するの？　夕ごはんも太一くんと一緒に食べる」と双子に付け入る隙《すき》を与えてしまうからだ。

太一に「行ってきます」と告げて家を出たあと、真紀は歩いて十五分ほどの叔母の家へと向かう。

「えー、太一くんも一緒がよかったのに」

「ねー」

家への道を歩きながら、双子はぶーぶーと文句をいったが、真紀は聞こえないふりをした。

だってもう今日は十分におまえたちにはつきあったじゃないか。夜だけはふたりきりにしてくれ。

「真紀ちゃんは、これから太一くんとふたりで晩ごはんなの？」

「そうだよ。でも、子どもが食べられない辛い料理だから」

嘘はいっていない。カレーだから辛いのだ。でもカレーといってしまったら、双子は大好物だから「ごちそうになる」といいだすにきまってる。

秀巳と和巳はふたりで顔を見合わせたあと、申し合わせたように真紀をじっと見上げてきた。

「真紀ちゃんと太一くんは、青春してるの？」

「は？」

なんだそれは——と目をぱちくりさせていると、質問をぶつけてきた和巳の腕を秀巳が「駄目だよ」とつつく。

「それ、あんまりいっちゃいけないんだよ」

「なんで？　亮ちゃんたちもそうだけど、ぼくたちを追い払おうとするときって、だいたい青春の話なんでしょ？」

「だから、いっちゃダメなんだって」

「でも悪いことじゃないんだよ」

そういえば、亮介も以前よく青春がどうのこうのといっていたっけ——と思い出した。あいつ、子どもにどういう知識を植えつけてるんだ。まったくいいかげんな……。

「青春してて仲良しなんだよね？　真紀ちゃんと太一くんは。亮ちゃんと章《あき》ちゃんみたいに」

章ちゃん——というのは天使兄の呼び名だ。亮介と天使兄の関係だったら、恋人同士ではないか。

「いや……ちが……」と真紀が真っ赤になって遮ろうとすると、秀巳がそれよりも早く「ちがうよ」とやけにきっぱりと否定した。

「青春してる相手だったら、なるべくふたりきりになりたがるでしょ。亮ちゃんたちだってそうだもん。だけど、太一くんは今日、ぼくたちに『真紀のうちでお好み焼き食べよ』って誘ってくれたから、真紀ちゃんたちは違うんだよ」

「あ、そっか。そういえばそうだね」

うんうん、と頷きあっている双子を見て、真紀は「え」と固まった。

「太一がおまえたちに『お好み焼き食べよう』っていったのか？　おまえたちからねだったんじゃなくて？」

「…………」

双子は顔を見合わせて少し考え込む。

「ぼくたちも食べたいっていったよね」

「うん。真紀ちゃんの家行きたいっていった。でも、秀巳が『ぼくたちが行ったら、お好み焼きが足りなくなるんじゃない？』って心配したんだよ。そしたら、太一くんが『大丈夫だよ。いっぱい材料買うから。パンケーキも焼こう』って」

「そうそう。それで生クリームとか買ってもらったんだよね」

「そうだったよね。ぼくたち一応遠慮したんだけど、太一くんが『おいで』っていってくれたんだよね」

子どもたちは記憶を辿《たど》ってスッキリした表情になったが、反対に真紀の顔色はしだいに曇っていった。

お願いされて仕方なくだと思っていたが、双子たちの話だと、太一は積極的にふたりを真紀の家に連れてきたように思えた。

なんで？　双子がかわいくて、好きだから？

……それも考えられる。双子と一緒に過ごしているときの太一は楽しそうだった。ボランティアで子どもと遊んでいるくらいなのだから当然だ。

でも、もっと大きな理由は、もしかしたら真紀とふたりきりになる時間をなるべく減らしたかったから？

今日は真紀のほうから「家に遊びにきて」と誘ったのに――どういうつもりなんだろう。もしかしたら夕飯も双子たちと食べるつもりだったのかもしれない。なぜ？

つい先ほどまで、太一が身近に感じられたはずなのに、いきなり一気に遠くなってしまったような気がして真紀はその場に立ちすくんだ。

その後、真紀は送り返す予定だった双子を連れて買い物を終え、家に戻った。太一が自分とふたりきりになるのを避けているのだとすると、双子もまじえてみんなで夕飯を食べるのが一番いい気がしたからだ。

太一は最初こそ驚いた顔をしたが、双子たちに「太一くんと夕飯も一緒」「カレーカレー」と飛びつかれて楽しそうに笑っていた。

夕食がシーフードカレーだと知ったとき、太一は「大好物だ」とひどく喜んでくれて、真紀の心は少しだけ救われた。贅沢な材料を使ったカレーは美味しくできて、みんなで食事をしているときには憂鬱《ゆううつ》なことは考えずにすんだ。

食事を終えたあと、今度こそ双子たちを家に送り届けて、真紀は駅に向かう太一と途中まで一緒に歩いた。

外に出ると吐く息が白く、肌をさす空気は冷たくて、まだ寒い。三月ももうすぐなのに、近所とはいえ、マフラーをしてきて正解だった。

首もとの赤いマフラーにふれながら、真紀はふうっと息を吐く。ためこんでいたものを声にならないうちに吐きだすように。

対して、隣の太一はひどくご機嫌な様子だった。今日は子守りのような一日だったのに……。夕食も双子がいてくれて助かった、とでも思っているのだろうか。

「――真紀。なんで今日シーフードカレーだったの？」

ふいにたずねられて、一瞬答えるのに躊躇《ちゅうちょ》した。

「太一がこのあいだ魚介類好きだって聞いたから。『海老とホタテ』ってうるさかったろ」

「それでなの？」

「うん」

太一は「そっか」と答えを予期していたように頷いてから、「ありがと」と笑顔を見せた。あまりにも晴れやかな表情に、真紀はろくに視線を返せなかった。

だって……友達だし、相手の喜ぶことをするのはあたりまえだし――べつに特別なことじゃない。太一は俺とふたりきりじゃないほうが楽しそうだし……だから、それでいいじゃないか。相手がこんなにうれしそうにしてくれてるんだから。

一歩一歩足をすすめるたびに、真紀は「これでいいんだ」と自分自身にいいきかせるようにしていた。だいたい友達同士でふたりきりとか意識するのがおかしい。

やがて、駅へ向かう分かれ道にきて、太一は「今日はありがとう」と足を止め、真紀に向き直った。

「……ほんとに楽しかった。俺があんなことしたあとで、真紀に家に呼んでもらえるとは思ってなかったから」

あんなこと――？　ああ、キスしたことか。なんだかドキドキしてしまったことさえ、遠くに感じてしまう。

「あのさ、俺は……真紀とはずっと仲良くしていきたいと思ってるんだ」

「………」

「だから――俺のしたこと許してほしい」

このあいだも謝ったのに、まだいうのだろうか。それほどあのキスを愚かな間違いだったと思っているのか。

ずっと仲良くしていきたい――友達として？

真紀がじいいっと見つめると、太一はまるで照れたように目を伏せ、「じゃあね」と少しあわてた様子で踵《きびす》を返した。

「真紀、おやすみ」

太一を見送ったあと、真紀はひとり帰路を歩きながらぼんやりとしていた。心のなかでなにかがもやもやと大きくなっていったけれども、なにを感じているのかよくわからなかった。

なんで？　よかったじゃないか。楽しい一日だった。太一があれほどお兄ちゃんを天使だという事情もわかったし、あらためてキスしたことを謝られて、友達でいてほしいといわれた……。

悪いことなどひとつもないのに、わけのわからない小さな棘《とげ》が刺さったまま抜けない。

なぜか？　太一のほうから「友達として仲良くしよう」と近づいてきたのに……こちらが「それなら」と積極的に歩みよってみたら、今日みたいに双子を連れてこられたことで一歩退かれた気がしてつらかった。

だったら、最初から親しげに声をかけてこなければいいのに。以前のようにツンとしたままの関係なら、バイト先で顔を合わせても平気だったのに……と思った。

だけど、一定の距離をおこうとするのも、太一の気遣いだったのだろう。太一は真紀にキスしてしまったことで、これ以上距離を詰めるのはまずいと思ったから、家でふたりきりになるのを避けようとしたのだ。

無駄な期待をさせないように。きっと真紀がまた勘違いして、空回りしないように。

そこまで推測できてしまうから、真紀にはもうどうしようもない。最初から「友達として仲良くしたい」といわれているのだから……これがあたりまえなのだ。

ふたりきりで過ごせるなんて浮かれているほうがどうかしている。いまさらなにを考えているのか。このままじゃ……また空回りして嫌われてしまう。

友達としてうまくやっていきたい。「真紀」と親しげに笑いかけてもらえる関係のままでいたい。それだけなのに……。

ふとカフェで声をかけてきた鷲尾の顔が思い浮かんだ。ああいう友達だったら、太一はもっと気軽につきあえたのだろうか、と。

家に帰ってから、その夜はぐるぐると永久ループで考えてしまって、ろくに眠れなかった。

翌日、亮介に「鷲尾さんて知ってる?」とメールでたずねてみたところ、『なんで真紀が鷲尾さんを知ってるの?』とすぐに返事がきた。

もしかしたら亮介も含めて友達かもしれないと思ったら大当たりだった。ゲイバーやクラブで知り合ったのだろう。

バイトで一緒になったときに詳しい事情を聞こうとしたが、亮介はあまり話したくなさそうだった。真紀がしつこく追いかけて店を出てからそのことをたずねようとすると、いやそうに顔をしかめる。

「なんで真紀が鷲尾さんのことなんか知りたいの? 俺も最近会ってないんだけど」

「いいから」

有無をいわさず、真紀は亮介を先日太一と一緒に入ったカフェへと連れ込んだ。鷲尾と顔を合わせた場所だ。

席につくと、亮介はようやく観念したように白状した。

「友達のひとりだよ。いっとくけど、真紀は得意なノリのひとじゃないかも。楽しいひとではあるんだけど」

さすが我が従兄弟。真紀の性格をよく理解している。

「わかってるよ。会ったから」

「会ったの？　どこで？」

「ここで。太一とバイトの帰りにコーヒー飲んでて。就活中だって、スーツ姿で声かけてきた」

「ああ……そうなんだ」

亮介は「ふうん」ととぼけたふうにそっぽを向いた。こちらも亮介の性格は把握している。これはなにかを隠している顔だ。

「――太一の元カレなの？　あのひと」

「違う」

きっぱりと答えられたけれども、どこか後ろめたそうな表情だった。真紀が「吐け」というように睨みつけると、亮介は息をついた。

「違うけど、鷲尾さんは太一がタイプなんだよ。好みだから、冗談まじりにあれこれいつも声をかけてくるだけ。つきあったことはない。フツーに友達だよ」

やはり鷲尾は太一が好きなのか。元カレではないことだけが救いだった。

「……あのひと、すごくベタベタしてたけど。リクルートスーツ着て」

「あれですごい頭いいひとなんだけどね。だから就活も真面目にやってるはずだけど。まあゲイの仲間内じゃ、派手だよね」

「太一もさわられても平気そうだった」

「スキンシップが挨拶《あいさつ》みたいだから。俺も会ったときには、よくハグされるけど。気にしない気にしない。ああいうひとなんだから」

太一が抱きつかれているところが容易に想像できて、真紀はしかめっ面になった。

「おまえも抱きつかれてんのか？　天使兄に告げ口してやる。ほかの男に抱きつかれてデレデレしてるって」

「やめてくれよ」

亮介は険しい表情になったものの、真紀のむくれた顔を見ると、一転しておかしそうに口許をゆるめた。

「どうしたんだよ。なにをそんなに不機嫌なんだよ。いつもだけど、今日はとくに」

「だって、あんなふうにさわって……肩に手を置いたり、首つついたり」

「俺だって、太一の肩にさわるし、首くらいツンツンするよ？　いまは一緒に暮らしてるし、もうさわりまくり」

「亮介はいい。変な意味じゃないんだから」

「――だから、どうして真紀がそれを気にするの？」

亮介は頰杖《ほおづえ》をついてかすかに笑いながら、「ん？」と顔を覗《のぞ》き込んでくる。

それは――と答えようとしても、まるで喉《のど》になにかが詰まったみたいに声がでなかった。心のなかに重いもので蓋《ふた》をしてあるみたいに。

だって……それは考えてはいけない。ずっともやもやしているもの。真紀の頭のなかをグルグルと掻《か》き回す原動力。育ててもしようがないから、巨大化しても心の底に押し込めて、その意味は意識しないようにしている。これ以上あれこれと考えてしまったら、たぶん制御できなくて飛びだしてきてしまう。

友達でいられればいいのだ。ほかはなにも考えていない。

鷲尾みたいな友達なら――太一は、ちょっと好意を示されたぐらいでとまどったりはしないだろう。その関係を学びたいだけだ。

「――行こう」

すくっと立ち上がった真紀に、亮介は「え」と瞬《まばた》きをくりかえす。

「どうせ太一や亮介が鷲尾さんとやらと会ったのって、二丁目の店なんだろ。いまから行く。

ついてきてくれ」

「そんな勝手に……ああいうとこ、苦手だろ？　なんで行くの？」

「苦手でもなんでも、このままだと心の整理がつかない」

「え、ちょっと行ってどうするわけ？　鷲尾さんが必ずいるわけじゃないよ」

「わかってる。でも、ちょっと行ってみたいんだ。俺、ああいうところ、よく知らないままだから。太一やおまえがゲイ友達とどういうふうな関係なのか理解したい」

「いや……そんなの人それぞれだし」

「とにかく行きたい。それで俺も平気になるかもしれないし」

「俺の都合はいったいどうなるんだよ」

亮介はぼやきながらも、ついてきてくれるつもりらしくあわてたように席を立った。まったく世話がやけるんだから……といいつつも、長男気質なので、なんだかんだいって面倒見がいい。

同好の男たちが集まる界隈《かいわい》にやってくるのは、ほぼ一年ぶりだった。太一と出会った夜以来、まったく足を踏み入れていない。

道中、「俺も久しぶりだよ」と亮介は肩をすくめてみせる。

「なあ……鷲尾さんが太一を気に入ってるっていうのなら、なんでふたりはつきあわなかったんだ？」

「そりゃ自分を好きになったひとに全部応えるわけじゃないでしょ。太一だって。そんなやついないよ」

なにかが腑《ふ》に落ちなくて、真紀は亮介をいぶかるように見る。

「俺にはモテるからって……遊んでるからやめとけっていったくせに。誰でも相手にするって意味じゃないのか」

「厳密には遊んでるとはいってないし、相手かまわずともいってないよ。ただ——手は早かっただろ?」

いいにくそうにたずねてくる亮介に、真紀は「う」と顔をしかめる。

「そこがスロースターターの真紀とは違うから、合わないと思ったんだよ。あいつ、なんでもストレートなんだよね。好きになったら速攻で好きだっていうし、本気なのかな? って疑いたくなるだろ。『好きだったらキスしたくなるし、さわりたくなるし、抱きたい。それって変なの?』ってあの爽やかな顔で真面目に照れずにいうからね。俺もその意見にはまったく賛成なんだけど、あいつにはスピードで負けるよ」

「……そっか」

真紀はうつむいて黙り込む。なんでも知っているといっても、従兄弟の亮介とこういう話をするのは微妙に照れくさかった。

電車に乗って、目的地の駅で降りる。平日の夜だったが、毎夜のようにどこかのクラブでイベントが開催されているため、人通りは多かった。昼間は普通に店舗やオフィスが並ぶ界隈だが、夜になるとがらりと雰囲気が変わる。

以前、亮介に連れてきてもらった店はビルの二階にあった。ビルの階段をのぼっていき、目当ての店に入る。やはりそれなりの客で店内は埋まっていた。

入って左側にはバーカウンターがあり、奥にダーツの機械が設置されている。右手にはソファ席、そして窓側にもカウンターの席が設けてある。

バーカウンターのマスターに向かって、亮介が「お久しぶり」とあいさつするかたわら、真紀は店内をひととおり見回して、はっと息を呑む。まさかこんな偶然――。

窓際のカウンター席に座っている鷲尾を見つけたのだ。ひとを待っていたのか、ドアが開いて真紀たちが店内に入ってきたときに振り返ったので顔が見えた。以前のリクルートスーツ姿のときとは違って眼鏡をかけていなかったが、綺麗な細面の顔はすぐにわかった。

行きつけの店とはいえ、ほんとうに本人がいるとは思わなかったので、真紀は狼狽《うろた》えた。

今夜、ここにきた理由は、自分もこういうところに慣れて、太一たちの関係を理解したかったのだ。そうすれば、鷲尾やほかの誰かが太一にベタベタさわっても、眉をひそめてイライラせずにすむようになるかもしれない。

ほかの誰か――もしも、太一につきあう相手ができたとしても。

「――真紀ちゃん」

鷲尾も驚いた様子で目を見開き、「こっちこっち」と気軽に手を振ってみせる。たった一回会っただけだというのに、妙に親しげな態度だった。マスターのほうを向いていた亮介も、「あれ、鷲尾さん」と相手に気づいた。

真紀たちが窓際の席に近づくと、鷲尾はにっこりと笑ってみせる。

「なんで亮介も一緒なの？　あー、そっか。どっかで見た顔だと思ったら、きみが亮介の従兄弟だったのか。そういや面差《おもざ》し似てるよね。噂《うわさ》聞いてるよ」

鷲尾はすぐに真紀と亮介の関係を察したらしい。真紀もこの店にきたときに、亮介の友達に何人も紹介されたから、話が広まっていてもおかしくなかった。

「……なんだ。じゃあきみは太一のいまつきあってる相手じゃなくて、元カレかあ。亮介の従兄弟ならそうだよね。つきあってたって聞いたことあるから」

「――だったら、なに？」

自分でも予想しなかったほど、尖《とが》った声がでた。鷲尾は「怖いなあ」と真紀の反応をおもしろがっているようだった。

「ちょうどよかった。俺、いま太一と待ち合わせしてるとこなんだよ。久しぶりに会おうってことになって」

先日、鷲尾は連絡するといっていたのだから、当然予想できた流れだった。真紀はつまらない意地から、太一と鷲尾をふたりきりで会わせたくなくて「家に遊びにきてくれ」といったのだから。

一日だけそんなことをしたって——太一と鷲尾が会うのを止められるわけじゃないのに。

亮介があわてたようにドアのほうを見やる。

「太一もくるの？」

「もうすぐくるはず。俺、彼氏と別れちゃってさ。太一にその報告を詳しくしようと思って。あれでしょ、太一も亮介がお兄ちゃんと恋仲になったもんだから、いろいろ落ち込んでるだろ？　だから、互いに傷を舐めあおうかと思って」

「相変わらず嫌ないいかたするなあ」

亮介のあきれた顔を見て、鷲尾は楽しそうに笑う。

「まあまあ。知ってるでしょ？　俺が太一のこと好みだって。でも、さんざん振られてるんだから、道化になるのもしようがないでしょ。俺も彼と別れたばっかりできついんだよ。太一に慰められたら、元気になれそうだから」

そこで、鷲尾はちらりと真紀に視線を移した。

「そっちの真紀ちゃんは、もう太一に未練ないんだよね？　このあいだ一緒にいたのはなんで？　まさかよりを戻す話？」

「バイト先が一緒なんで」

鷲尾は「あ、そうなんだ」と意外そうな顔をして、「じゃあ、ほんとにもうなんでもないんだ」と納得したように頷いた。

「そっか。てっきりきみがいまの彼氏かと思ったから、このあいだからかっちゃったけど、ごめんね。……ひょっとしてあれ？　亮介がお兄ちゃんをとっちゃったから、太一に愚痴られてたのかな？　きみ、従兄弟だもんね。ご苦労様」

鷲尾は声をたてて笑うと、亮介を「おまえが全部いけないんだぞ。お兄ちゃんとつきあうから」と悪戯《いたずら》っぽく睨んだ。亮介はすまして「不可抗力です」と答えた。

「だって、あいつが会わせるから。そりゃ太一自慢のお兄ちゃんなんだから、俺が好きになるのも当然でしょ」

「のろけんな、馬鹿。こっちは失恋したてだっていうのに」

笑いあう鷲尾と亮介を眺めながら、真紀は話のなかに入れずにぼんやりとしていた。

亮介と鷲尾は親しいのだからあたりまえだが、どうしようもない疎外感。鷲尾が太一を好みだといっても、深刻にとらえて馬鹿みたいにムキになっているのは真紀だけで……。

「――あれ、真紀？」

背後から声をかけられて、はっと我に返る。

太一が店のドアを開けて入ってきて、真紀たちに気づいて目を丸くした。

「亮介までいる。みんなそろって、どうしたの？」

鷲尾が「遅いぞ、太一」と手をあげる。太一はきょとんとしたまま近づいてきて、あらためて三人を交互に見た。

「……ほんとになんでいるの？　亮介はともかく真紀まで」

説明しようとした亮介を、鷲尾が「いいじゃないか」と遮る。

「みんな集まってるんだからさ、飲もうよ。思いがけず大人数になったけど、今夜は俺の失恋話をじっくり聞かせてやるから。朝まで頑張るぞ」

太一と亮介が顔を見合わせて、「そんなのいやだ」と声をそろえる。「なんだよ、おまえら」と鷲尾がいいかえしたところで、真紀は踵を返した。

「……俺、帰る」

「——真紀？」

驚いたように、太一と亮介が声をあげた。真紀が急いで店のドアを開けて外にでると、階段をおりたところで引き留めにきた太一に追いつかれた。

「真紀？　どうしたの？　鷲尾さんになんかからかわれた？　あのひと、口はああだけど、悪いひとじゃ……」

腕をつかまれて、その力の強さに思わず目を瞠《みは》る。

初めて会ったときもそうだった——席を離れようとした真紀を呼び止めた力強い手。ドキリと心臓が跳ねて……あのときと同じように胸が不規則な鼓動を打つ。

「からかわれてない。大丈夫。ただ、俺がいると……みんなが楽しく飲めなさそうだから。

雰囲気壊しちゃうだろ」

「そんなことないよ。鷲尾さんは気にしないひとだから、大丈夫」

太一は真紀の腕をつかんだまま離そうとしない。「離して」といっても、力をゆるめようとしなかった。

——胸が痛い。

「……真紀。なんで今夜、ここにきたの？」

「亮介と一緒にちょっと飲みにきただけ」

嘘をついた。自分がこのまま帰ったら、どうせ亮介からほんとうのことが伝わってしまう。真紀が鷲尾を気にしていた、と。

それでもこのまま店に戻って、亮介に口止めする気にもなれなかった。もうどうでもいい。

「俺、帰るから。太一は戻って。失恋話聞いてあげるんだろ？　俺が邪魔したみたいでいやだ。約束してたんだろ……友達だから」

太一は少し考え込んだあと、ためいきをついて「わかった」と頷いた。

「じゃあ、亮介は帰すから。ひとりで帰らないで。いま、あいつを呼んでくるから」

太一がようやく腕を離してくれた瞬間、それまで心のなかで意識しないように——これ以上膨らませないように我慢していた想いが音をたてて弾《はじ》けた。

簡単なことだった。ただ認めても、どうしようもないから目をそらしていただけ。

亮介を呼びに階段を上っていく太一の背中が見えなくなった途端、真紀は踵を返して歩きだした。

亮介と一緒に帰る気分ではなかった。ひとりで消えてしまいたい。

どうして「友達として仲良くしよう」という言葉に頷いてしまったのだろう。また大きな勘違いをしてしまった。自分は太一と友達になんてなれない。

ひとりで歩きながら、真紀は「大馬鹿だ」と心のなかで自分に向かって呟いた。だって、好きなのに。

想いがはじけた途端に、心のなかがすべてそれ一色で満たされた。……俺はまだ太一のことがこんなに好きなのに。

4

ひとりで帰ったあと、すぐに携帯に着信があったけれども、真紀はでなかった。代わりに、太一と亮介のふたりに『もう帰るから。友達と楽しく飲んで』とメールをした。

次のバイトの日は、幸いなことに太一と同じシフトではなかったので、顔を合わせずにすんだ。だが、亮介は同じシフトだった。

更衣室で顔を合わせた途端、ロッカーの前で詰め寄られる。

「真紀。なんでひとりで帰ったんだよ。みんなで心配してたのに。鷲尾さんも気にしてただろ」

返す言葉がなくて、真紀は頭を下げた。

「ごめん。おまえたちの友達の前で感じ悪くて……ただ、あそこに俺がいたら、気詰まりな雰囲気になりそうだったから。鷲尾さんにも悪いことをしたって伝えておいてくれ」

あまりにも真紀が素直に謝罪するので、亮介は拍子抜けしたような顔をした。

「……どうしちゃったの？」

いつもの真紀なら、なにか一言いいかえすからだろう。だが、もうそんな虚勢を張る気力は残っていなかった。太一への気持ちを自覚してしまったあとでは。

――好きなのだ。

もともと嫌いになって別れたわけではない。太一の気持ちが自分から離れていっていると思ったから、過去の二の舞になってボロボロになりたくなくて離れただけだ。予備校講師のときのように嫌われていることに気づかなくて、追い回すような失態を犯したくなかった。

自分が怖がっていただけで、太一のことはまだ好きで――そして再び「友達として仲良くしよう」といわれてそばにいるうちに、もっと好きになってしまった。太一に笑って声をかけてもらうことがこんなにうれしいことだったなんて――あらためて思い知った。それをなくしてしまうのがこれほど怖いことも。

だから友達としてでも一緒に過ごせるのならいいと思っていたが、鷲尾の登場でその自信すら崩れたから、あの場にいられなくて帰ってきたのだ。

友達としては拒絶されてない。でも、恋愛相手としては、たぶん警戒されて距離をおかれている。それは太一がうっかりキスしたことを「ナシだから」といったことで明らかだった。これからも友達のままで……自分が耐えられるのかどうか。

「……太一、なにかいってた？」

「だから、心配してたよ。『変なやつにからまれたらどうするんだ』って。女の子じゃないし、大丈夫だろうとは思ってたけど……。ビルの外に出たら真紀がいなくて、あれからすぐに電話かけてもでなかったろ？　だから真紀からの『楽しく飲んで』ってメールがくるまで、ふたりでそこらじゅうをさがしまわったんだよ。なにかあったんじゃないかって」

「あ……」

まさかそんなことをされていたとは知らなかったので、真紀は「ごめん」ともう一度謝った。「待ってて」といわれたのにいきなり消えたのだから、ふたりにしてみれば当然の反応かもしれなかった。

「いいよ。メールきたから、俺と太一も安心して店に戻れたから」

ちゃんと一言「ひとりで帰るから」といっておけばすむことだったのに、配慮のなさに我ながらあきれる。でも、あのときはもう頭が回らなかったのだ。

「……なんでいきなり帰ったの？」

亮介はあらためてもう一度聞いてきたが、真紀は答えることができなかった。

その日は今後のバイトの予定を入れる日だったので、真紀は店長に「しばらく休んでもいいですか」とたずねた。「春休みだから、他の子も都合がつきそうだから大丈夫かな」と了承をもらったので、新たな予定は入れなかった。これでしばらく太一と顔を合わせなくてもすむ。

両親から「遊びにきなさいよ」との連絡がきていたので、ロスにでも行こうかと考えた。気分転換になるかもしれない。

その日は夜の部だったので、バイトが終わって帰宅したのは深夜だった。シャワーを浴びたあとはすぐに寝ようと思ってベッドに直行したところ、携帯に太一からの着信があった。さすがに今回はでないわけにはいかないので、真紀はベッドのうえで正座し、覚悟を決めて「はい」と応えた。

『真紀、バイトの予定入れてないって聞いたけど、どうしたの？　なにかあった？』

真っ先にいわれたのは、先日の一件ではなくバイトのことだった。おそらく亮介から連絡がいったのだろう。

真紀は緊張しながら、まずは黙って帰ってしまったことを謝る。

『そのことなら、もういいよ。無事だってわかったから、ほっとした。だけど、びっくりしたよ』

「ごめん」

『真紀がそんなに飲みにいきたいっていうなら、今度は俺と一緒に行こ？　鷲尾さんと亮介は抜きで』

「…………」

一拍遅れて、真紀は「――うん」と答える。

いつもどおりに誘ってくる……。亮介から真紀が鷲尾の存在を気にしていた話が伝わっているかと思ったが、どうやら太一はなにも事情を知らないらしかった。

なんだ、亮介、感謝――話してないのか。真紀がすっきりしない態度だったから、告げないでいてくれたのだろう。太一は「亮介と飲みにきた」という話を信じているのだ。鷲尾の存在を知って、亮介につきあってもらって行きつけの店にまで乗り込んだ――そういった空回りの行動の意味を知られずにすんだ。

これでまだ友達としての対面が保てると思ったら、心が少しばかり軽くなった。もうまともに太一の顔が見られない――そう思っていたのに。

『――で、バイトは？　なんで予定入れなかったの？』

「親のところに行こうかと考えてたから」

『行くの？』

「いや……行かないかもしれない。でも、二週間はもう休むって店長にいってあるから。どっちにしても、太一のサークルの手伝いはするよ。来週の後半だよな」

また空回りしてよけいなことをいってしまわないうちに、「そういうわけだから心配してくれてありがとう」と電話を切ろうとした。が――。

『待って。じゃあ真紀は明日とか暇なんだ？　例のサークルの件だけど、ちょっと顔をだしてくれないかな。たしかに公演は来週末なんだけど……』

予期していなかった誘いに、息を吞む。とりあえず最悪の状況は免れたが、まだ顔を合わせるのはしんどい。好きだと自覚してしまったから……どういう態度で太一に接すればいいのかわからない。

「なんで？　公演の前になにするんだ？」

『明日、みんなが学生会館の部室にいるから。当日の手伝いの前に一度紹介しておきたいから。手伝ってくれるっていったよね？』

「いったけど」

たしかにいった。ことわれない。でも、公演はまだ先だというのなら。

「悪いけど……明日はちょっと無理だから、また次の機会にしてくれないかな。用があるんだ。公演のときは必ず手伝うから」

太一はいつもなら「なにか予定があるの？」と訊いてくるのに、そのときは少し黙っただけで「わかった」と了承した。

『じゃあ、また今度。急には無理だよね』

ああ——と答えながら、真紀は居心地の悪さでいっぱいになった。太一はおそらく気づいている。真紀がなにも予定などないのに、誘いをことわっていることを。

『——おやすみ』

いつもどおりの明るくやさしい響きの声で電話は切れて、真紀は携帯を握りしめたましばしぼんやりとした。

……用があるのは嘘だとわかっても、問い詰めてこなかった。

脱力感を覚えて、そのままベッドに転がりながら天井を見上げる。こんなことを続けていたら、太一にあきれられてしまう。

なんで俺はこんなに臆病《おくびょう》なんだ……。

傷つけられるのが怖い——だけど、そんなことでは駄目だとわかっている。いまになって思ったことではない。数年前からずっと考えている。

大学生になったら、過去のことはいい教訓にして、新しい出会いがあると思った。たあいもないことを話して笑いあえるような恋人ができるかもしれないとどこかで期待していた。それがもう四月からは三年だし、就活のことも考えなければいけないし、浮わついたことなどいっていられない。

次は就職したらきっと出会いが……なんて思っても、きっといまのままじゃ同じことをくりかえす。

それはいやだ——。

友達のままでいいとか——自分にそんなことが可能なのかわからないけれども、太一と縁が切れてしまうのはいやだ。好きなら好きで……自分の気持ちなんだから、もうしようがない。

真紀はベッドから起き上がって再び正座すると、太一に『さっき駄目だっていったけど、明日の都合がつきそうだから、行くよ。何時に行けばいいか教えて』とメールを打った。

すぐに『わかった。ありがと』という返信がきて、ほっと胸をなでおろす。どうしていいのかわからないときは考えてもしようがないから、立ち止まるよりは行動するほうを選んだ。

春休みなので当然ではあるが、学内は静かだった。

それでも職員は毎日きているし、三年生は就活セミナーの真っ最中のはずだった。公開講座の学生や一般の人もきているので、それなりに人の出入りはあった。

真紀が緊張しながら部室棟のサークルの部屋のドアを開けると、なかには十人近くの学生が集まっていた。中央の作業テーブルの席に座っていた太一がすぐに気づいて立ちあがってくる。

「――真紀」

呼びかけてくれる笑顔を見た途端に肩の力が抜ける。その声を合図に、室内にいた学生たちの視線がいっせいに真紀に集まった。

「あ、手伝いの友達ですか?」

「太一くん、ちゃんと呼んでくれたんだ。よかった」

女性が多いとは聞いていたが、部屋のなかを見ると男は太一ともうひとりだけだった。ボランティアサークルなんてそういうものなのか、と真紀は思わず辺りをきょろきょろと見回してしまった。

真紀のとまどいを察したのか、太一が苦笑する。

「大丈夫。うちの女の子たちは、みんなやさしいから。とって食いやしないよ。ほかにもまだ男はいるんだけど、今日はきてないだけ。それでもまあ、7対3ぐらいの割合だけど」

「あ……ああ」

女子学生たちが「よろしくお願いします」と声をかけてくるので、真紀は「よろしくお願いします」と低い声で返した。

正直なところ、普段女性と親しく接するほうではないので、あまり得意な雰囲気ではなかった。太一がいなかったら、ものの三十秒で逃げだしていたことだろう。

今回の人形劇は『赤ずきん』と『三匹の子豚』らしいが、少しアレンジして遊びも入れてある内容なのだという。人形も新しく制作した自慢のものらしいので、いろいろと説明して見せてくれた。

人形劇はともかく、小物の制作方法はなかなか興味深かった。意外に作りは簡単で、頭と首を発泡スチロールでつくってから、布をかぶせるだけで立派な指使い人形になる。

小指と親指が左右の手、真ん中の三本の指で中心を支えて動かせば、それらしく動く——その単純な構造にもへえと思った。かわいい真っ赤なフードをかぶった赤ずきんを見たときには、なにやら複雑な気持ちになってしまったが。

真紀が「ふうん」と人形の手を入れる部分をしげしげと覗いていると、女性陣がやけにニコニコと笑顔になって周りをとりかこんだ。

「こういうの好きですか？　いつでも大歓迎ですよ」

誘いかけるような満面の笑み。どうやら今回かぎりの手伝いではなく、サークルに入らないかと勧誘されているのだと気づく。

助けを求めるように太一をちらりと見ると、少し困った顔をしていた。今日真紀を呼んだのは、「声かけて手伝ってくれるようなひとなら、サークルに入ってもらおうよ」と女性たちにいわれたせいもあるのではないかと察する。

「いや、俺は今度三年だし」

「この子も二年の後期から入ったんですよ。三年からでも、うちは全然大丈夫」

途中から入ったという女性が「大丈夫です。とくに男性は歓迎されますよ」と弾んだ声をだす。

「人形劇だけじゃなくて、子どもたちの遠足やキャンプのつきそいとか、外にでかける活動もしてるんですよ。そういうときは男の人がいると助かるの」

太一のほかにひとりいる男も、「ほんとに男は歓迎。入んなよ」とすすめてくる。

はあ、と内心たじたじになりながら、とりあえず即答は避けた。太一に誘われただけなら、

「サークルとかガラじゃないんで」とあっさりことわることもできるが、敵陣地に入っての総攻撃はなかなかつらい。

その日はミーティングだったらしいが、真紀がくるまえに大方の話は終わっていたらしく、一時間もしないうちに解散になった。

そのままどこかに移動するらしく、女性たちが笑いさざめきながら出て行ったあと、男のひとりも「じゃあな、また」といって追うように出ていく。

ほどなくして、室内には真紀と太一だけが取り残された。ドアが閉まった途端、真紀はほーっと息を吐《っ》いた。太一がおかしそうに笑っている。

「ほんとは真紀も連れて、このあとみんなで親睦深めるためにごはんでも食べに行こうかって話もでてたんだけど……真紀の性格からすると、それはちょっと苦行だよね？」

「無理だ」

「——うん。だから、人見知りする子だからっていっておいた。無理矢理誘ったら、当日の手伝いさえ、ことわられるかもよ？　って」

見抜かれすぎていて、怖い。だけど、少しだけ否定したかった。

たしかにこういうのは真紀の性には合わないけれども、だからといって嫌いなわけではない。先ほどの勧誘も強引なものではなかったし、サークルのメンバーはみんな感じのいいひとたちだった。

素直に思ったことを行動に移せるタイプのひとはうらやましい。ひねくれている自分は、すぐにやらない理由をさがしてしまうから。

「……ほら、真紀の人形」

みんながいるときには口にださなかったが、真紀が子どもの頃に母親に赤ずきんと思われていたといった話を覚えていたらしく、太一は赤ずきんの人形に手を入れて、頭を振るように動かしてみせる。

「オオカミはどうしたんだよ？」

「あるよ。でも、オオカミは新しくないんだ。先輩たちが作ったやつだから。おまけにこっちはね、『三匹の子豚』のオオカミと併用」

太一がオオカミの人形も取りだして見せてくれた。なるほど、あきらかに赤ずきんよりは使い込んでくたびれた風情がある。

「新しく作らなかったの？」

「いや、女の子たちが赤ずきんは喜んで新しいの作るんだけど、オオカミは使い回しでいいだろうって。それに分けるにしても、赤ずきんと三匹の子豚で変化のつけようがないって。たしかにね」

そりゃそうだが、オオカミの気持ちになってみれば不憫《ふびん》な――と思った。かわいそうに、このオオカミ人形は、脚本が変わってもあっちでもこっちでも悪役をやらされるわけか。

「分ける必要ないんだけど、これは古いからせめて併用でもいいから新しくしようかなと思ってたんだけどね。お兄ちゃんが仕事でちょっと前に児童書にでてくるオオカミのキャラのぬいぐるみを作ったんだ。だから、それを参考にして、俺が作ろうかと思ったんだけど……料理とかもそうだけど、実はこういうのは上手《うま》くなくて」

意外に不器用なところもあるのだろうか。たしかに一緒にごはんを作っていて、料理はそれほど手慣れてないと知っているが。

「それこそ専門家のお兄ちゃんに相談すればよかったのに」

「駄目だよ。そんなことといったら最後、お兄ちゃんは凝り性だから、全精力を投入して完璧なオオカミ作っちゃうから。それもうれしいけど——でも、こういうのはね、みんなで試行錯誤しながら頑張るのがいいんであって、うちのサークルの子が作った赤ずきんみたいに……ほら、とっても丁寧に作ってあって、手作り感満載で味のあるところがいいんだよ」

プロのお兄ちゃんにまかせて、先ほどの女の子たちが一生懸命作ったものよりも、見栄えがしてしまったら困るという意味も含まれているのだろう。

太一はあらためて赤ずきんの人形を見ながら目を細めると、「だからね」と真紀を見やる。

「真紀も、慣れないことがあっても大丈夫だから、ぜひうちのサークルに入ってくれるとうれしいんだけど」

爽やかな笑顔でしめくくられて、結局「勧誘なのかよ」とツッコミたくなった。

「……無理だよ。俺が入ると浮くから」

「そんなことないよ。もともと男は三割しかいなくて浮いてるんだから、気にすることない」

そういう問題じゃないだろうと顔をしかめたが、いくらなにをいってもきっと「うちのサークルへ」というのだろうなと思うと、苦々しい気持ちを通り越してつい笑いがこぼれてしまった。

「――よかった、笑ってくれた」

太一が赤ずきんの人形の頭をまたもや動かす。

「このあいだ、真紀がひとりで帰ったから、ほんとはなにか気に障ることがあったんじゃないかって心配してたんだ。でも今日きてくれたし」

「………」

真紀が黙っていると、太一は「よかった、よかった」と赤ずきんの人形の手を振ってみせる。

しきりに頭と手を動かす様子がおかしくて、噴きだしそうになった。「なにやってんだよ」といおうとして、笑いたいはずなのになぜか口許がゆがんだ。

感情にだしてはいけないと堪《こら》えていたものがいまにも溢《あふ》れそうになったから。好きだって……。

「――真紀？」

きょとんとする太一を前に、真紀はなんとか堪えて口許を押さえ、「なんでもない」とかぶりを振る。

「真紀？　お腹すかない？」

太一は相変わらず赤ずきんの人形をこちら側に突きだして頭を動かしながらたずねてくる。

真紀はさすがにしかめっ面になって「やめろ」と人形をとりあげようとした。

「なんでそんなにいやがるの？　子どもの頃にいわれただけで。いまの真紀を見たって、誰もそんなことをいわないよ。さっきだって、うちの女の子たち、ひとりでも『赤ずきんに似てますね』とかいった？」

「いわれてないけど」

「ほら、気にするだけ損だよ」

たしかにそうなんだけど……。

最初は眉をひそめながらも、太一の笑顔を見ているうちに、こわばりかけたからだの力が抜けていく。その言葉はまるで心を軽くする魔法のよう——真紀の心のなかにすっと入り込んできて作用する。

どうして信じられなかったのだろう——と思った。

つきあっていたとき、なぜ太一ときちんと話をしないまま、別れるなんていってしまったのだろう。

太一は「別れたくない」といってくれたのに、亮介の手前もあるから真紀を振ることができないだけで、内心はきっと向こうもほっとしたのだと思い込もうとした。

ほんとにそうだったんだろうか？　真紀が勝手に判断しただけだ。キスしなくなったり、からだにふれてこなくなったのは、なにか事情があったのかもしれない。ボロボロになってしまうのが怖くて、事実をたしかめる勇気すらなくて逃げた。

どちらにしても、もう遅い。いまさら後悔しても仕方ないから、いまできることをやるしかない。せっかく太一が「友達として仲良くなろう」ときっかけをつくってくれたのだから。

「――で、おなかすかない？」

太一がとぼけたようにたずねてきたので、真紀はハッと我に返った。少し考えたあとに、素直に「すいた」と答える。

「じゃ、ごはん食べにいこう？」

笑いかけてくる太一の表情を、眩《まぶ》しいものを見るみたいに目を細める。

まったく正反対な性格なのに――でも、一緒にいると、自分ひとりでは行けない方向に進んでいけると感じられるから。決して得意なことばかりではないけれども、これはきっと良い変化だ。いままでの自分では解決できないことや、いやな部分を見つめ直すきっかけにもなるから。

部室を出て太一と並んで歩きながら、真紀は心のなかであらためて自身にいいきかせる。

友達としてなら、こんなふうに親しくそばにいられるんだから、頑張ってその場所にいられるように努力しよう、と。

児童会館での人形劇の公演の当日――まだ三月に入ったばかりで寒い日が続いていたが、日差しは徐々に明るくなってきていた。その日は雲一つない青空が広がっていて、清々《すがすが》しい陽気だった。

当日は例年百人以上の児童や保護者、関係者がくると聞いていただけあって、会場となるホールは予想していたよりもかなり広かった。

もう少し狭い場所ならば、作業テーブルと椅子を組み合わせたりして簡易的な装置ですませることもあるらしいが、これだけ大きな会場なので本格的な人形劇用の舞台を設置する。まず当日、ワゴンカーで運び込まれた舞台装置や照明類の多さに驚いた。先日は人形だけをいくつか見せてもらっただけなので、公演の舞台装置といってももっとコンパクトなものを予想していたのだ。

角材を使用した舞台の骨組みは、バラバラにされているとはいえ、それなりに重量がある。観客から見える人形劇の舞台空間だけでも横幅が四メートル、それに両サイドの袖幕《そでまく》分を入れたら幅七メートル以上の舞台をつくるのだから当然だ。

舞台と大道具の設置だけを見ていると、あれだけ「男は大歓迎」といわれた理由がよくわかった。

先日は太一のほかはひとりしかいなかったが、公演当日は男のサークルメンバーも増えていた。準備に二時間、撤収に一時間を見ているという話だったが、動き回るメンバーたちを見ているとあまり余裕のある感じがしない。

早速トラブルがあったらしく、演台の上で段ボールの箱を開いた男が、「うわあっ」と声を上げる。

「このまえのリハーサルのあと、照明しまいこんだやつ、誰？　配線がからまってるじゃんよ」

「ほどけほどけ」

指示と確認する声が飛び交うなか、真紀は太一のいうとおりに舞台装置を組むのを手伝い、ほとんどしゃべることもなかった。というよりも口をきく暇はなかった。

骨組みにパネルと暗幕をはり、舞台が出来上がったところで背景を設置する。照明や音響機材がセッティングされると、今度はそのテストがはじまる。

すべてが終わったときには、慣れない作業にとまどったこともあって疲弊しきっていた。

「お疲れさま」と太一から手渡されたペットボトルのお茶を飲む。梱包材を片づけて、舞台の周りを掃除すると、ゆっくりと話す時間もないまま公演の時間が近づいてきた。

ほどなく開場して観客が入ってきて、ホール内はざわめきにつつまれる。

真紀は舞台の袖に立っていた。先ほど音響は完璧に調整したはずだが、ひとがたくさん入ってくると少し音の通りが悪くなるらしく、あいさつや演目の紹介でマイクを使ってしゃべる時点であわてて音響係が調整をしていた。ハラハラしたが、無事に解決したらしく、人形劇が開始された。先日見せてもらった人形たちが暗幕で囲まれた舞台に登場して、子どもたちの歓声が沸き起こる。

今日は『赤ずきん』と『三匹の子豚』が上演されるはずだが、最初は赤ずきんだった。先日見せてもらった人形たちがかわいらしい動きで演技している。裏から見ていると、単純な動きのくりかえしとはいえ演じている女子学生たちは大変そうだった。オオカミ役だけは男が演じている。

『赤ずきん』が終わったあとに『三匹の子豚』がはじまったが、同じオオカミの人形を使っていることもきちんと作中でネタにしていて、『あれえ？　どっかで見たオオカミだなあ。あれれ？　オオカミさんは死んじゃったんじゃなかったの？』とツッコミの台詞が入っていた。オオカミが『細かいことはいいんだよ』と応えることで、会場からは笑いが起きていて、なるほど――と思った。

上演自体は一時間ほどのはずだが、見ているほうも最後まで気が抜けなかった。エンディングを迎えて、拍手が沸き起こったときには安堵の息が漏れた。大きなアクシデントもなく大成功のようだった。

最後に挨拶《あいさつ》にでるのは人形劇を演じたメンバーだけかと思っていたのに、「ほら、真紀」と太一に手を引っ張られて袖から舞台の上に立たされる。

まさか引っ込むわけにもいかず、真紀は太一の隣で棒のように立ちつくしていた。こうして舞台の上に立ってみると、あらためて会場の広さを知る。舞台を見上げている人々の顔を意識していると、ふらりと気が遠くなりそうだった。

赤ずきんを演じた女子学生が人形を手にしたまま中央に立ち、元気な声で「今日はみんな楽しんでくれたかな？」と会場に話しかける。子どもたちが「はーい」と応え、「よかった。ほら、オオカミさんも最後には笑顔だよー」などというやりとりがくりかえされる。裏方のメンバーも最後のあいさつでしめるまで、並んでいなければならない。おそらく他のみんなが朗らかで明るい表情をしているだろうから、真紀ひとりが極悪な顔つきでいるわけにもいかなくて、やわらかい顔をつくろうとしているうちに唇が引きつって震えた。

すべてが終わって、袖に引っ込んだ途端、精神的にはそのまま倒れてしまいたい気分だった。太一がからかうように「真紀、大丈夫？」と声をかけてくる。

「こんなの聞いてないぞ」

「ごめん。ガラじゃないっていうと思ったんだけど」

太一は真紀の反応が予想できていたようだった。わかっていて引っぱりだすなんてタチが悪い。恨めしく睨みつけたものの、決して不愉快ではなかった。

今日だけの手伝いなのにあんなふうに並ぶのはおこがましいが、観てくれたひとたちの笑顔を見られたのはよかった。会場にいる観客たちの顔を目にした途端に、いままで経験したことのない充足感が全身を包み込んだ。

みんな、喜んでくれたんだ——そう思うと、それだけで慣れないことをした疲労感など吹っ飛んでしまった。おそらくひとがなにかする理由なんて、そんな単純なものなのだ。

会場内にひとがいなくなったら、今度は休むひまもなく撤収作業がはじまった。設置よりはスムーズで、小一時間ほどですべてが片づいた。

「真紀、このあと打ち上げがあるんだけど」

太一が出口のところで真紀にこっそりと声をかけてくる。

みんなの前で出席の有無をたずねるのは避けてくれたのだろう。おそらく打ち上げがあるだろうとは予測していて、始まる前はそういう席になったら「悪いけど、遠慮しとく」といって先に帰るつもりだったが、実際に作業を手伝って公演が終わってみると、不思議とひとりでこのまま帰る気がしなかった。

なんとも心地よい達成感——そういうものを共有したい。なんの成果が得られたわけでもなく、ただ自分が満足したというだけなのだけれども。

「……出てもいいなら、出るよ」

予想外の答えだったらしく、太一は「ほんとに？」と目を瞠ったものの、すぐに口許をほころばせた。

「ありがとう、真紀」

うれしそうな笑顔を見て、真紀は心のなかでそっと呟く。だって、そんなふうに笑ってくれるから……。

そう――ひとが変わろうとする理由なんて、ほんとに簡単なことなのだ。


その翌日、真紀は太一のサークルに入ることを決めた。この時期になっていまさらという迷いもあったが、公演の手伝いを通して感じた心地よさを大切にすることにした。

バイトはまだ休みだったので、電話で太一にその旨を告げると、予想したとおりに喜んでくれて、「明日、会えないかな」といわれた。

『俺は昼の部のバイトが入ってるんだけど。そのあとで、少し会ってもらえない？　できたら、このあいだ一緒に入ったカフェで待っててほしいんだけど』

「いいけど……」

『――真紀に話があるんだ』

どうしてそんなに急いで会いたがるのか不思議だった。サークルの件でなにか説明したいことがあるのだとしても、その二日後には真紀もバイトに復活する予定になっていたからだ。でも、会いたいといってくれるのを拒む理由はこちらにはまったくない。

『真紀がサークルに入るっていってくれて、ほんとにうれしいよ。真紀は鷲尾さんが苦手みたいだったろ？　一緒に飲むのもいやがったし。俺のああいう友達関係は苦手なんだろうけど、サークルの友達ならきっと気に入ってくれると思ってたんだ』

「…………」

鷲尾のように夜遊びで知り合った友達は苦手だろうが、サークルの友達なら大丈夫だと思った――？

つまり太一のなかでは、真紀はサークルの友達のようなタイプだと分類されているという意味なのか。まあ、たしかに鷲尾タイプではないな……と思ったので、あえて深くはたずねなかった。

翌日、約束の時間より少し前にカフェに辿りついて席に着き、ぼんやりと窓の外を眺めていると、背後から声をかけられた。

「真紀ちゃん」

振り返ると、鷲尾が立っていた。今日はリクルートスーツではないが、メガネをかけている。

まさかまた鷲尾に会うとは思わなかったので、すぐには声がでなかった。しかし、以前もこの場所で遭遇したのだから、会う確率は高いのだ。

「——あ。このあいだは……」

とりあえず先日いきなり帰ってしまったことを謝ると、鷲尾は「いいよいいよ」と手を振りながら向かいの席に座る。

「太一たちからちゃんと聞いてるから。真紀ちゃんと初めてここで会ったとき、俺も感じ悪かったよね。ごめんね」

真紀は「はあ」と曖昧に頷く。

「バイトの帰り？　ひとりで考えごとかな？」

「いや、太一と約束してるんで。あっちが今日はバイトだから。もうすぐ終わる時間」

「ふうん、そっか。ほんとに友達として仲良くしてんだね」

鷲尾は感心したように頷きながら、手にもっていたコーヒーをすする。だから、なぜそこに座るんだ——といいたかったが、先日の件があるので強気な態度もとれない。太一がくると聞いたから、待つつもりなのか。

鷲尾はしばらく無言でコーヒーを飲んでから、おもむろに口を開いた。

「……つきあってたとき、きみのほうが振ったの？　太一のこと」

いきなり質問されて、面食らう。真紀が無言のままでもかまわずに、鷲尾は不思議そうに首をひねって話を続けた。

「なんでそんなもったいないことしたわけ？　太一もブラコンにさえ耐性があれば、ほかは欠点ないじゃん。きみなら、亮介でブラコンなんて見慣れてるでしょ？　あいつはもう病が進行しすぎて、病気の自覚すらないじゃん。太一なんてかわいいもんだよ」

太一との関係にふれられて、以前なら腹をたてていただろうが、なぜかいいかえせなかった。もったいないことをした？　違う——自分が馬鹿なことをしたと誰よりも思っているから。

「……いろいろあって」

真紀がやっとのことで声を振り絞ると、鷲尾は「ふうん」と笑った。

「まあ、俺も彼と別れたのには事情があるしな。人様の事情なんて当事者じゃないとわからないよね。……俺も今回の失恋で、太一に愚痴を聞いてもらって癒《いや》してもらおうと思ってたんだけど、あいつはとうとう好きな子ができちゃったみたいでさ。あてが外れちゃって、困ってるよ」

「え——」

思わずびくりと反応してしまった。鷲尾は同意を得たとばかりに身を乗りだしてきて、「そうなんだよ」と力強く頷く。

「びっくりだろ？　最近、誰ともつきあってないと思ってたら、好きな子がいるんだって」

自分の心臓の音がやけに大きくなっているのが聞こえた。いまにも破裂しそうなくらいに。

「……そ——うなんだ？」

「うん、そうなんだって。誰？　って聞いたら、『秘密』っていうから。いままでそういうことは結構オープンだったんだけどな。太一って、好きって思ったらすぐにそれを口にだすほうなんだけど、まだいってないっていうから、びっくりだよ。今回は慎重にしてるんだって。男と別れた直後に、そんなはにかんだ告白聞かされると、こっちは地獄だよ」

太一に好きなひとが——。

自分は友達なのだから、当然太一にほかにつきあう相手ができたとしても仕方がない。いつかはそうなると予想できたはずだった。でも実際にもうすでに好きな相手がいるといわれたら、いきなり目の前が真っ白になった。友達でもいいからそばにいる——そう決めたばかりなのに。

「さて、と——じゃあね、真紀ちゃん。そろそろ太一くるんでしょ？」

鷲尾はコーヒーを飲み終わって席を立つと、「ばいばい」と手を振った。

「太一に会わなくていいの？」

「いまはあいつの幸せそうな顔は見たくないわ。俺も傷心だから。また好きな子の話を聞かされたら、凹む。あいつ、みんなにそのことをいって回ってるみたいだから。またね」

笑顔であっさりと鷲尾が帰っていくのを見送って、真紀はさらに心臓がおかしくなりそうだった。

——俺も聞かされるんだろうか。好きな子ができたという話を。

太一は友達に報告して回ってるのか。昨夜、話があるといっていたことを思い出す。そのことなんだろうか。

いまのこの状態で、もし「好きな子ができた」とうれしそうに話されたら、自分がなにをいってしまうか自信がなかった。

まだ太一はきていない。いまから用事ができたとメールで連絡して帰ってしまおうか。そんな情けない考えが浮かんで、あわてて打ち消す。前にもいきなり帰ってみんなを心配させたばかりではないか。また同じことをくりかえすのか。そんな学習性のないことでどうする。

いやなことでも——ちゃんと受け止めなきゃ。受け止めたあとに、どうするか考えればいい。

だってもう自分からは縁を切りたくない。太一から切られたら、そのときに傷つけばいい。なにもしないうちに、勝手に傷つくのはもうやめにしなきゃいけない。

真紀は唇をぎゅっと噛みしめてから、深く息を吸って呼吸を整えた。

やがて待ち合わせの時間がきた。

「——真紀」

カフェに入ってきた太一に声をかけられて、真紀はなるべく普段通りの顔をつくって振り返った。

話があるといったけれども、太一の口からは鷲尾のいっていたような話題はなかなかでてこなかった。

話すのは、主にサークルのことだったり、天使兄と亮介のことだったり――いつ「好きな子ができたんだ」といわれるのかと思ってビクビクしていたが、一向にその話にならないので待ちくたびれて、真紀はいったん緊張状態を解除した。

その日はカフェを出たあと、本屋で買い物につきあって、外で夕食を食べた。あの話は鷲尾にからかわれただけかもしれないとも思ったが、どういうわけか太一はひどくご機嫌な様子で、いつもとなにかが違っているのはたしかだった。

「――真紀、ちょっと歩かない?」

夕飯後、もう帰るのだろうと思っていたが、太一は駅へは向かわなかった。どこか寄りたいところでもあるのかと思って、「いいけど」とついていく。

しばらくすると、見覚えのある公園に辿り着いて、真紀はその場で硬直しそうになった。

忘れるわけがない。太一と初めて映画を見にでかけたときに、夕飯後やはりこうしてぶらぶらと歩いているうちに立ち寄った場所だ。

冷や汗がだらだら流れてきそうだったが、太一は涼しげな顔をしていた。なんでこんなないわくつきの場所に……。まさか真紀と最初のデートでここにきたことを覚えてないのだろうか。

——わからない。

「疲れたね。少し座ろうか」

デジャブな発言にとまどいを覚えつつ、真紀はベンチへと腰を下ろす。昼間は春の陽気を感じさせる日もあるとはいえ、夜はまだ冷える。

「はい」と太一が自販機で買ってきてくれたのは、ホットの缶のミルクティーだった。以前は春過ぎだったので、冷たいお茶のペットボトルだった……。

真紀がミルクティーの缶を握りしめたままでいると、太一が「コーヒーのほうがよかった?」と訊いてくる。「いや」とかぶりを振って、プルトップを押しあけて口をつける。

温かい飲み物にほっとからだがやわらかくなり、甘さに緊張もとけていく。

しばらく太一も無言のままミルクティーを飲んでいた。やがて先ほどの真紀と同じように膝《ひざ》のうえで缶を握りしめる。その指先の動きを見ているうちに、例の話をしようと思っているのだと悟った。

やっぱり鷲尾のいっていたことはほんとうだったんだ……。覚悟していたのに、ストンと自分の気分が底まで落ちていくのがわかる。

「あのね——真紀。今日は話したいことがあるんだ。だから、ここに……」

「待ってくれ」

思わず遮ってしまってから、うろたえる。びっくりした太一の顔を見た途端、真紀は一気に頭に血がのぼって、さらにわけがわからなくなった。

「……待って——いや、その……その話は、太一がしようとしてる話は、たぶん聞いた。さっきカフェで待っているとき、偶然、鷲尾さんに会って」

「鷲尾さんに？　なんの話を？」

「だから、太一に好きな子ができたって——」

真紀が勢い余っていってしまうと、太一は「ああ……」と目を瞠ってから、少し照れくさそうに視線を落とした。

もしかしたら、「違うよ。なにいってるの？　全然べつの話」といってくれるかもしれないと思っていたのに、太一の表情から推測するにかすかな期待はあっけなく砕け散った。

ほんとなんだ……。好きな子がいるんだ。

友達としてもっと仲良くなって——そばにいることで、もしかしたらいつかは……真紀をもう一度好きになってくれるかもしれない。そうなってもらえるように頑張ろうと思っていたのに。もう無理なんだ……。

「真紀、あのね――」

太一がいいかけるのを、「待って」と再び遮る。

「俺もいいたいことがあるんだけど……先に話させてほしい」

そう頼んだのは、太一の話を聞いたあとではうまく伝えられる自信がないからだった。

太一は少しうろたえながらも、「なに?」と先を促してくれた。真紀はぎゅっと缶のミルクティーを握りしめる。いわなきゃ……と覚悟を決める。

「俺は――太一が好きなんだ。別れたの、ほんとはずっと後悔してた」

やっとのことで声を振り絞ったら、重い蓋がぽんと外れたように次から次へと言葉があふれてきた。

「太一が『友達として仲良くしよう』っていってきてくれて、また話ができるようになって……うれしかった。サークルに入るっていったのも、このあいだ手伝ってみて楽しかったせいもあるけど、太一と同じことをやりたいって動機もあったんだ。邪《よこしま》だと思うんだけど、太一が以前、理由なんてどうでもいいっていってたから。行動すれば同じだって」

真紀は膝の上のミルクティーの缶ばかりを見ていた。太一がどんな顔をしているのか見る勇気はなかった。

「だから……その――なにがいいたいんだか……いま、この気持ちをいっておかなきゃ、もう機会がないと思ったから。太一に好きな子ができたって聞いて――それでも、俺は……好きで。それを知っておいてほしくて」

しゃべればしゃべるほど支離滅裂になって、なにをいいたいのかわからない。とにかくまとめなければ、と真紀は混乱した頭をフル回転させる。

「と、友達でもいいから……これからも仲良くできれば」

ほんとにそんなことが可能なのか、自信がなかった。だけど、もう太一の笑顔が見られなくなるのは耐えられない。「ごはん行こう？」と声をかけてもらうのがどんなにうれしかったか……。

しばしの沈黙があって、太一が口を開いた。

「――いやだよ」

ぽつりと返された言葉に、心がバッサリと切られたようで、真紀はうつむいたまま動けなくなった。

ああ……やっぱり。でも、以前、自分も同じことをした。「別れたい」と切りだして、太一から「俺は別れたくない」といわれても聞く耳をもたなかった。だから、これは受けて当然の痛みだ。

ここが引き際だ。自分の気持ちを精一杯伝えて、相手の気持ちを確認したのだから、もう去ってもいい。これ以上は困らせるだけだ。

「わかった」と真紀がなんとか声を押しだそうとしたとき、膝の上でミルクティーの缶を握っている手に、そっと太一の手がかさねられた。

「――だって、俺も真紀が好きだから。友達じゃいやなんだ」

「…………」

いったいなにが起こったのか理解できずに、真紀は膝の上の手を見つめた。しばらく固ったまま動けなくて、やっとのことで顔をあげて、隣の太一を振り返る。

太一ははにかんだように笑った。

「今日はその話をしようと思ってたんだ。友達じゃいやだから、もう一度俺とつきあってほしいっていおうと思って」

驚きのあまり、耳に薄い膜でも張ったみたいに太一の声が遠くに聞こえる。現実のものとは思えない。

「だって、好きな子ができたって……」

「真紀のことだよ。だいたい友達になろうって声かけたのも、もう一度やりなおす機会がほしいって思ってたから。残念なことに、俺と真紀はいきなりよりを戻してほしいなんて話ができる関係じゃなくなってただろ？」

「でも、鷲尾さんは……俺に……」

「鷲尾さんには『好きな子』が真紀だっていってないから。でも、あのひと勘がいいから、絶対にわかってるはずなんだけどな。たぶん真紀のこと、からかったんだよ。あとで俺から文句いっておいてあげるから」

「…………」

一気にからだの力が抜けて、その場にぐったりと崩れそうになった。さらに頭のなかがこんがらがって、まだ話についていけない。

「な、なんで？　いつから……」

「いつからって——だから、最初に『友達として』って声をかけたときから。なんで真紀、気づかないの？　てっきりわかってるんだと思ってたよ。俺は結構露骨にアピールしてたつもりなんだけど。……じゃなきゃ、あんなに短期間に何度もごはんに誘ったり、なんとか一緒に過ごす時間を増やそうとしてサークルの活動に勧誘してみたりなんてしないよ。俺としては言葉でもかなりはっきりいってたつもりだけど。普通、ちょっとの下心もなかったら『かわいい』っていったりしないと思わない？」

「……でも、何度も『友達として』って強調されたし……それに、キスしたのに……ナシだって」

「それは以前の失敗を踏まえて、慎重にいこうと思ったんだよ。真紀にもう嫌われたくなかったから。キスしたのは……真紀があんまりかわいいから、ちょっと理性がぶっとんだ。だから、あれからはもう家でふたりでいるのは無理なんだなってわかって」

あのキスの時点ではもう——いや、すでに「友達として仲良くしてほしい」といったときから、太一が自分を好きでいてくれたのなら……。

「なんで最初からいってくれないんだよ。俺がどんなに……」

「だって、顔を合わせれば互いにツンケンしてたのに、さすがに俺でもあの状態で『もう一度つきあおう？』っていえないよ。そんな雰囲気じゃなかっただろ。それこそ真紀に『胡散臭い』って思われるだろうと考えたから。俺が正直にいえばいうほど、真紀は『なんだ、こいつ』って顔するだろ？　あれ、結構つらいんだよ」

「………」

そんなふうに見えていたのか——と真紀は少しばかり気まずくて目をそらす。

「でも……キスしたあとには、いってくれても」

「真紀が怒ってると思ったから。今度はゆっくりと関係を深めるつもりだったのに、俺が我慢できなくてキスしちゃったから。前はそれで嫌われて、あっさりと振られただろ？　だから、今度は一緒にごはん食べたり、遊びにいったりして仲良くなってから——って思ってたんだ」

話の細部にところどころひっかかって、真紀は首をかしげた。

「え——なに？　俺が太一のなにを嫌いになったって？」

「なにって……真紀は俺がキスしたり……手をだすのが早かったから、嫌いになったんじゃないの？　つきあってたときにきっと『ケダモノ』って思われたんだろうなって反省してたんだけど。だから俺、真紀に『別れたい』っていわれたとき――どうしていいのか、説得できる言葉がなかった」

「そ、んなことは……なんで」

「だって、真紀は俺とつきあったとき、経験が……その」

太一はいいにくそうに言葉を濁した。最後までいわなくても、意味はわかった。バレてる？　自分にまともな経験がないことが。

太一は少し迷ったように口許に手をやりながら話しだす。

「俺は……正直なところ、真紀のこと――最初に見たときから好きで……だから、亮介に『俺の従兄弟だからちょっかいださないで』っていわれても、会ったあとにあいつに『会ってもいい？』って頼んだんだよ。それは知ってるよね？」

確認されて、真紀はこくんと頷く。真紀も一目惚《ひとめぼ》れなんて信じなかったのに、自分から亮介に太一のことを聞いたのだ。太一も会いたがっていると知ってうれしかった。

「……だから、俺は前につきあってたときは、真紀の顔見るだけで、もうすぐにでもキスしたかったし――欲しくてしようがなくて。真紀のほうからも俺に会いたいっていってくれてたって亮介から聞いて、互いに気持ちも盛りあがってるんだと思ってた。――でも、最初に一緒に出かけてキスしたときに真紀の反応がちょっと変だから、『あれ？　間違ったのかな』

って。だけど、家に行ってもいいっていうし……大丈夫なのかなって思ったけど、抱きしめても真紀は怯《おび》えてるみたいだし……慣れてないんだってわかったから、あのときも抑えなきゃいけないと自分にいいきかせてたんだけど。もう真紀がかわいくて……」

太一はそこで言葉を切り、気まずそうに「ごめん」と謝った。

「なんとか最後までするのは我慢したんだけど。真紀は最中もずっと『いやいや』って真っ赤になって怯えて震えてて……怖いんだろうなって――でも、それがよけいにかわいくて、俺も頭がどうにかなってて」

「………」

このまま消え入りたい――と思った。ろくに経験がないことが知られると重いと思われるから、必死にばれないように自分では演技していたつもりなのに。先ほど「好きだ」といわれたときとは違った意味で、頭のなかが沸騰した。

――駄目だ。あのときから太一には全部わかっていたなんて……見栄を張って、「あまり好きじゃない」とか応えていた自分。思い出しただけで、もう死ぬ。

「……真紀？」

真紀がうつむいたまま動かないので、太一が心配そうに声をかけてくる。

恥ずかしくてほんとうに息絶えてしまいたいくらいだったが、せっかく太一が「好きだ」といってくれたのに死んでしまうのはもったいない。前向きになろうと必死に己を勇気づける。

それに、真紀としては恨み言もちょっとはいいたい。

「……俺は——最初のとき以来、太一がなにもしてくれないから。だから、てっきり好きじゃないんだと思ったのに。俺が亮介の従兄弟だから……亮介に気を遣って、『思ってたのと違うから別れたい』っていいだせないんだと思って」

「え？　なんで？　俺、そんな態度とった？」

あわてる太一に、真紀は「いや」と首をふる。

「とってないけど……俺がぐるぐる考えて、想像したことなんだけど。でも、家に誘ったのにこなかった」

「あれは……俺に合わせようと無理してるのがわかったから。そればかりが目当てじゃないっていうか、抑制できるんだよ、本気なんだ——って俺なりの決意表明だったんだけど。もうちょっと外に出かけたりとか、互いの友達とかと遊んだりして、関係を深めようと思ってたんだ。あと一か月か二か月ぐらいは我慢しようと思ってたところに、真紀から『別れたい』っていわれて。『性格があわない』って……そっちのことかと思って」

種明かしをしてみれば、互いに相手のペースに合わせようとしていたのに、そのせいで完全にすれ違っている。まったく嚙みあっていない。真紀は頭がくらくらとしてきた。

「俺は……真紀みたいなタイプとつきあうの、初めてなんだ。だから、ほんとに試行錯誤しながら……短い期間で振られたから、やっぱり駄目だったんだと思ってた。でも真紀のことはずっと気になってて――同じ店でバイトしはじめたのもそれが大きな理由で……だけど、真紀は俺にツンツンした態度だし、俺もそのうちに腹がたって……お兄ちゃんのことをいわれたときには、そんなに頭にくるようなことといわれたわけじゃないのに、ムキになっていいかえした。あとで、亮介に『おまえ、なんであんなに怒ったの？　初めて見た』っていわれて――たしかに、俺はあまり怒ったことないんだ」

真紀もあの反応は意外だったのでよく覚えているが、太一も純粋に自分自身の怒りに驚いたらしい。

「なんで真紀に対しては、こんなに腹がたって、憎らしいとまで思うんだろうって――そしたら、真紀に『お兄ちゃんのこと信じてないんだな』っていわれて、俺はべつにお兄ちゃんとの関係を指摘されたことを怒ったわけじゃないって気づいた。あのとき、とっさに『真紀も俺のこと信じてくれなかったじゃないか』って感じて――それで腹を立ててたんだ」

こんなにすれ違っているのに、太一が真紀に対して感じたことは正確だった。たしかに信じていなかった。だから自分の頭のなかであれこれ考えて、捨てられると思っていたのだ。

「またブラコンだっていわれるかもしれないけど。少し前に、お兄ちゃんに『交際相手にはやさしくしないとダメなんだぞ』っていわれたんだ。……それから、真紀のことをずっと考えてた。なんで真紀にだけは頭にくるのかって……理由は簡単で、真紀に好きになってもらえなかったから、俺は腹を立てて怒ってるんだって。……怒るって変ないいかただけど、それだけムキになるほど、ほんとは好きになってもらいたかったんだって気づいて――俺はそんなふうに苛立った相手って、真紀が初めてなんだよ」

真紀が目を瞠ったからか、太一があわてたように言葉を補う。

「さっきから、怒るとか苛立つとかいってるけど、額面通りの意味じゃなくて……」

「――わかってる。大丈夫」

太一はほっとしたように笑ってから、自分でも困惑しているように眉根を寄せた。うまく言葉にならない想いをどうやったら伝えられるか必死に考えているように。

「真紀だけなんだ。ほんとに……いままでそんなことなかったのに。思ったことをすぐにいうほうなんだけど、真紀にだけはそれが怖くて。もう失敗できないって思ってたから」

たいていのことはスマートにこなしてしまう太一らしくない言い分だった。まだ実感がわかない。これはほんとうに現実なのだろうか。頬をつねりたい。

「もっと早くに話せばよかった。最初は『お友達から』って状態でつきあって、次に手をつないで――とか、そうやって段階を踏むのが、真紀はきっといいんだって思い込んでたんだ。だけど、もっと俺らしく直球勝負で抱きしめたほうが、真紀を困らせなかったね」

「…………」

いや、それはどうだろう――とひそかに首をひねる。互いにツンケンしてる状態からいきなり太一にそんなことをされても、「胡散臭い」とやっぱり困惑したに違いないのだ。

それにしても、そんなに好かれているなんて思いもしなかった。いままで「友達でもいい」とつつましく願っていたところにいきなりの愛情のインフレ状態でどうしたらいいのかわからない。

「ごめんね。真紀に先に好きだっていわせちゃって。俺からいいたかった。これからはなんでもすぐに話したほうがいいよね。もうわからないことない？」

ない、もう十分――といおうとしたけれども、そういえばひとつ疑問が残っている。

「……太一は、なんで俺と天使兄が似てるっていったんだ？　似てないと思うんだけど」

「そっくりだよ。外見と性格がまったく違うところが」

予想外の答えに、「そこか！」と思わず唸る。

「お兄ちゃんも見かけはシュッとしてて王子様みたいなんだけど、中身は子どもみたいで楽しいひとなんだよ。あとは――純粋なところが似てるから。天使みたいだなって」

「…………」

本気でいっているのだろうか。

「あ。また『こいつ、胡散臭い』って顔してる」

指摘されて、真紀はあわてて「してない」と自分の両頬を手で押さえる。

太一は声をたてて笑うと、ふっと笑いを消して真面目な顔で真紀を見つめた。

「真紀と最初に映画見にいったとき、この公園にきただろ。俺がキスしたら、真紀はびっくりした顔してたから、あの場面の前からもう一度やりなおしたいなって思ってたんだ。真紀――俺とつきあって。ちゃんと大切にするから」

間髪を容れずに、真紀はこくんこくんと何度も頷いた。気の利いた返事をしようと思っていたのだが、言葉はなかなかでてこなかった。

「あ……ありがと」

ようやく声をだした途端に、目じりから涙がにじんだ。太一があわてて「真紀？」と肩を抱き寄せてくれる。「大丈夫」とあわてて目許をぬぐったけれども、堪えていたものがすべてあふれてしまいそうだった。

「……太一のこと、ほんとは嫌いになったことなんてなかった……一目惚れして、頑張って仲良くなりたくて……だけど、俺が頑張っても、いつも空回りばかりだった。だから、うれしい……」

「真紀……」

「と――友達でいてくれたら、それだけでもいいって思おうとしたけどやっぱりつらくて……キスされてナシだっていわれたとき、太一にはもうそういうつもりはないんだって……で、でもそばにいたら、自分がいい方向に変われるから、今度は頑張ろうって」

駄目だ、こんなことをいったら恨み言みたいに聞こえてしまう。ちゃんと説明してもらって経緯はわかったはずなのに――真紀は必死に震える唇を噛みしめる。

「ご……ごめん。もういわない」

「いいんだよ。いって」

抱き寄せられた肩に思いがけず強い力が込められて、息を呑む。

「ちゃんと思ってること話さなかったから、こうなったんだから。これからはなんでもいおう？　俺もそうするから」

「……」

涙ぐんだまま、やはりなかなか声がでない真紀を見て、太一は小さく息をつく。

「……ごめんね。俺の態度のせいで、つらい思いさせたんだね。でも、それでも真紀は俺と一緒にいようと頑張ってくれたんだよね？　サークルに入るっていってくれたりして」

うん――とやっとのことで頷くと、太一はふっと表情をゆるめた。

「俺ね、真紀のそういうところが――大好きだよ」

吐息が近づいてくる。見上げると、太一の瞳がすぐそばにあった。真紀の額《ひたい》にこつんと自分の額をあてる。

「大切にするからね。真紀は俺の駄目なところ、いっぱいわかってるだろうから、『いやだ』って思ったらすぐにいって。悪いところはちゃんと直して、真紀と一緒にいられるように、俺も努力したいから」

最初に別れるときも、太一は「悪いところは直すから」といってくれていた。ずっと同じ気持ちでいてくれたんだとわかって、あらためて胸がじんわりと熱くなった。

ぬくもりにつつまれているうちに昂《たかぶ》った気持ちは収まってきたが、代わりにからだの内側の熱もじわじわと上昇してきた。

太一も同じらしく、少しぼんやりした目つきになる。

「真紀――キスしてもいい？」

「なんで訊くの？」

「だって、このあいだもキスしたら、『びっくりした』っていわれたから。いったほうがいいかなって」

「いいよ、それは訊かなくても……」

恥ずかしいから――と呟くと、うつむこうとした途端に、チュッとキスされた。いったん了承を得たら「早い」と思っていると、さらにきつく抱きしめられて、チュッチュッと頬やこめかみにもくちづけられる。

「あ……」

からだじゅうに広がる甘い疼《うず》きに、真紀は脱力する。

「大好き……真紀」

キスと甘い囁《ささや》きに蕩《とろ》けそうになっていると、これ以上はまずいと思ったのか、太一は少し困った表情で照れくさそうに真紀を腕から解放する。

「……寒くなってきたね。帰ろうか」

ここじゃ人目もあるし――といわれて、さすがに惚《ほう》けていた真紀もはっと我に返った。

ベンチから立ち上がって歩きだし、公園をでたときには太一はもう何事もなかったような顔をしていた。こっちはまだどこかふわふわと足が地についていない感じなのに。

以前なら、キスぐらいじゃ動じないのか、慣れてるんだな――と思ったところだが、いまは太一が必死に己を律して我慢しているように見えてくるから不思議だった。

同じ顔を見ていても、わかりあえたあとだと、こんなに違う。

「……太一、今夜うちにきてくれるだろ」

太一は「え」と目を丸くした。

「――駄目だよ。行ったら、さすがにもう我慢できないから」

「しなくていい。太一は自分からはくるくせに、俺が家に誘ったときに限って、すぐにことわろうとするよな。前につきあってたときも、こっちがどんな気持ちで誘ってたと思ってるんだ、馬鹿」

照れ隠しに罵《ののし》ると、太一は一瞬びっくりしたように黙り込んだあと、愉快そうに笑いだした。

「じゃあ、俺もいいかえすね。こっちがどんな気持ちで我慢してたと思ってるんだ。おかしくなりそうだったよ。俺の頭のなかじゃ、真紀はもうアレコレ恥ずかしいことされまくってて、えらいことになってるから」

まったく爽やかな笑顔のまま、なんてことをいってくるのか。さすがに「──う」と返答に詰まる真紀を前にして、太一は「勝った」と楽しそうに笑う。

しばらく歩いてから、ぽつりとたずねられた。

「ほんとにいいの？」

「……いい」

自らいいだしたくせに、真紀はいくぶん緊張しながら頷いた。

家に帰りつき、玄関のドアのカギをあけている時点で、心臓がいまにも飛びだしそうだった。

自ら誘うなんて、大胆なことをしてしまった。しかし、いまさらどうしようもない。先ほどは「好きだ」といってもらえたおかげで、頭に脳内麻薬物質が異常にあふれまくっていて、たいしたことではないように思えていたのだ。

おまけに、太一にはこっちが不慣れだともう見抜かれてしまっている。だから着飾ろうとせずに素のままでいいのだと理解していても、人間はなかなかそのとおりに振る舞えない。

「――真紀」

真紀の顔がだんだんこわばっていることに気づいたのか、太一は家のなかに入っても玄関をあがらずに苦笑していた。

「帰ったほうがいい？」

「いいから、入れよ。大丈夫」

たずねられると、意地を張る癖がついているので反射的に即答してしまう。太一は「じゃあ」といって靴を脱いだ。

さて、これからどうするのか。

「――風呂、わかすよ。入るだろ。リビングで待ってて」

風呂場に直行する真紀に、太一はあっけにとられたように「あ、うん」と応える。真紀はそんな返事も耳に入らない状態で、バスルームに入ると、軽く掃除をして風呂の湯をためはじめた。だいたい三十分ぐらいはかかるはずだ。

――どうする？

いきなり「風呂をわかす」って変じゃなかったのか。シャワーを浴びるだけでもよかったのだが、それだと時間が稼げない。もうなにがなんだかわけがわからない。

鏡を見て、とりあえず「落ち着け」といいきかせる。このままバスルームにこもっているのも変なので、上着と鞄《かばん》を自室においてからリビングへと向かう。客がきたら、まずお茶を淹れなくては――。

真紀がリビングを通ってキッチンに向かおうとすると、ソファに座っていた太一が「真紀」と呼び止めた。

「いま、お茶淹れる」

「いいよ。お茶なんて。ちょっとこっちきて」

呼ばれていかないわけにもいかず、真紀はソファへと近づいた。

「ここ座って」

ぽんぽんと太一の隣を示されて、おとなしく腰をかける。

「ゆっくりしてなよ。……って、俺がいうのも変だけど。風呂はどのくらいかかるの?」

「三十分くらい」

「じゃあ、そんなにあわてて動く必要ないじゃない。俺は真紀とゆっくりしてたいのに」

そういわれてしまうとことわるわけにもいかなくて、真紀はソファに深くかけなおす。すると、太一が腕を引いて自分のほうへと引っ張った。

「こっちきて」

横から抱きしめられて、「やっと落ち着いて抱きしめることができた」と笑われる。

「……さっきは外だったから、ゆっくりできなかった。こうして真紀のことぎゅってしたかったのに、逃げるんだから」

「そんなことしてない」

抱きしめられるのは気持ちがよかったので、真紀は「いやがってはいない」と意思表示をするつもりで、太一におずおずとからだをすりつける。

それがうれしいのか、太一が甘い表情になった。

「キスしていい？」

「……だから訊かなくてもいいって」

「――そうだった」と頷くなり、太一は顔を近づけてくる。

今度はさっきみたいにチュッとついばむキスではなくて、長く唇を食《は》まれた。

「ん……ん」

息ができなくて、少し唇が離れたすきに顔をそむけようとするけれども、太一は許さずに頬を押さえつけて、再び真紀の唇を吸う。

「あ――ん……ん」

舌が入り込んできて、口腔内を刺激し、甘い蜜が注ぎこまれる。意識がぼんやりとして、からだが内側から熱くなってきてしまう。

「……真紀……」

ようやく唇を離してくれたと思ったら、今度は耳もとにくちづけられる。

「かわいい……俺、ほんとに我慢してたんだよ」

「……え——」

「真紀は俺が家にくるのを渋ったみたいにいうけど、冗談抜きでやばかったから。真紀が俺の好みを知って、シーフードカレー作ってくれたりしたときとか。もうキッチンですぐに押し倒したいくらいだった。だから、あのときは双子がいてくれて、ほんとに助かった。衝動的にキスしちゃったあとで自信がなかったから、あの日は双子を連れてきたんだけど」

「そ、そうなのか……」

真紀とふたりきりなるのがいやなのではなくて、抑制剤として双子を連れてきたのか。ふたりきりで過ごしたかったのに——と真紀は悔し涙にくれていたというのに。ここまで徹底的にすれ違っていると、なにやらおかしな気分にすらなってくる。

「ほんとに食べちゃいたい」

耳朶《じだ》を噛まれながら囁かれて、真紀はユデダコみたいに頬を染めた。

「……真っ赤だね。お母さんが『赤ずきんちゃん』って真紀のことをいったのがわかるな。ほんとにかわいいから」

通常モードなら「なにふざけたことといってるんだよ」と鋭くいいかえせるはずだが、こうして腕のなかにいるとヘタレモードに切り替わってなにもいえない。

「少しだけ……食べてもいい？」

太一の声が甘くて、耳から犯されてじわじわと蕩けそうだった。

からだを撫《な》でまわされはじめ、自らの下腹も反応しそうだったので、これはちょっとマズイ――と、真紀は太一の腕を押しのけようとした。

「……俺、そろそろ風呂の様子見てくる」

「まだ三十分たってないよ」

「そうだけど。なにかあったら困るし」

しどろもどろになって、わけのわからないことをいってしまった。なにかあるのは風呂ではない。風呂にも入らないまま、真紀がなにかされてしまったら困るからだ。

太一は真紀のおかしな言動にはふれずに、ぎゅっと抱きしめてきた。

「――真紀、一緒にお風呂入ってもいい？」

「そ、それは駄目っ」

「じゃあ、もう少しこうさせて。三十分たったら、行けばいい」

風呂に一緒に入られたらたまらないので、真紀はしぶしぶ立ち上がるのをあきらめる。太一は再び真紀の耳を吸いはじめた。興奮しても、太一はあまり表情が変わらないのだが、息遣いだけは荒くなる。

ハア……という息が耳をなぶるたびに、真紀はからだの内側がぞくぞくして止まらなくなった。

耳朶を甘噛みされながら、そろりと胸をなでられたとき、ぞくっと背中が痺《しび》れた。

「や――」

確実に下半身が熱くなってしまって狼狽《ろうばい》する。

「や……ちょっと待って、太一」

「なんで？　俺にさわられるの、いや？」

「や――やじゃないけど。だけど……」

自分がいやがっていると誤解されたくないので、真紀は真っ赤になって小声で呟いた。

「……た……たっちゃうから」

「――」

離して――といって腕を押しのけようとしたのに、太一は真紀をすっぽりと抱きしめると、そろりと前に手を回してくる。耳もとにかかる息が荒い。

布越しにやんわりと揉《も》まれて、びくっとからだが震えた。

「や――や」

「……真紀。じっとしてて――だって、もう硬くなってる」

「だから、離せってば」

「どうして？　前のときは、べつに風呂に入ってなくても、さわるのはいやがらなかった」

「あ、あのときはちゃんと太一が家に遊びにくる直前にシャワー浴びてたから。今日は一日出歩いてたから駄目だってば」

勢いあまって、太一が家にくる前にはシャワーを浴びていたことを告白してしまった。綺麗にしていたかっただけだが、なんだか別の意味にとられてしまいそうでいやだ。

「や……髪とか、ぼさぼさだったらみっともないから。シャワー浴びてシャンプーして……」

真紀があわてていいわけすると、太一は「わかってるよ、そんなこと」とおかしそうに噴きだした。

「——ね、真紀。俺もしんどいんだけど」

ふいに腰を押しつけられて、太一のそこも反応していることを知る。

「……真紀が風呂入ってくるまで、待つのつらい。どうしよう」

どうしよう——といわれても、どうしたらいい？

真紀がおそるおそる振り返ると、太一は照れくさそうな顔で熱い息をこぼした。たしかにつらそうに見える。

「……さ、さわったほうがいい？」

「うん。さわって」

太一は自身のジーパンの前をくつろげると、真紀の手を引っ張って下着越しに硬くはりつめているものにさわらせる。一気に体温があがった。

「真紀——俺ひとりじゃ恥ずかしいから、真紀も」

「あ……うん」

なんだかわけがわからないが、たしかに太一ひとりに恥ずかしい真似をさせるわけにもいかないので頷く。あっというまにズボンを下着ごと足から引き抜かれて、下半身をむかれてしまった。

「……ん……んん」

反応しているものを刺激されながらキスされているうちに、からだじゅうの力が抜けた。風呂に入らなきゃ汗臭いかもしれないからいやだったのに……と思いつつも、太一の手から与えられる心地よさのほうが勝った。

「あ――」

結局、先に達してしまったのは真紀のほうだった。太一の綺麗なほっそりと長い指が、己の欲望の粘液にまみれているのを見て、真っ赤になる。

「あ――ごめん。ティッシュ」

真紀はテーブルの下からティッシュの箱をとりだしたが、太一は「いいよ」とかぶりを振って、手についたそれをぺろりと舐めた。

刺激の強すぎる光景にショックで固まる真紀に、太一が「真紀？」と首をかしげる。

「や……」

さらに体温が上昇してしまったようで、頬が焼けるみたいに熱かった。どうしよう、死ぬ

——と思っていたら、太一がじっと見つめてくるので、よけいにいたたまれなくなった。

「真紀……かわいい」

太一は真紀を抱き寄せると、首すじに吸いついてくる。

「どうしよう。たまらなくかわいい」

いや、だからどうしようっていわれても困る……。

熱い吐息でキスされて、そのままソファの上に倒される。シャツを上まで押し上げられて、胸を唇が這った。まるで甘いものでも食べるみたいに、つんと尖った乳首を口に含まれる。

「……あ……あ」

「真紀——」

太一は真紀の胸をなでまわしながら、後ろの窄《すぼ》まりにふれてきた。

「……してもいい？」

え——とパニックになったけれども、太一の息遣いが切羽詰っているので、「いやだ」とはいえなかった。

「真紀、お願い」

限界まで猛《たけ》っているものを押しつけられて、さらに頭のなかが甘い熱に侵される。抵抗しようにも甘い声で頼まれてしまうと逆らえなかった。

真紀が「うん」と頷くと、太一はすぐにそれ以外の言葉を封じるようにキスしてきた。

「ん――」

足をかかえあげられて、閉じている部分を指が這う。

「なにかクリームとかある？」

ハンドクリームなら……とキッチンカウンターの引き出しの場所を教えると、太一はいったん真紀から離れて取りにいった。

戻ってくると、すぐに自身のシャツを脱いで、真紀の腰の下にあてがう。足を開かされて、クリームを塗り込まれた。あられもない格好を見られ、恥ずかしいという感覚も飛び越えて、真紀はひたすら硬直していた。

「……真紀。力抜いて。怖くないから」

「……ん」

そうはいっても、棒のようになっているからだの緊張が簡単にとけるわけもない。太一は指で慣らしながら、こわばりをとかすように真紀の額や頬にキスをする。

「真紀――大好き」

甘い眼差《まなざ》しの笑顔を見せられて、ふっと力が抜けた。

「……お、俺も」

太一は何度も「大好き」とくりかえしながら真紀にキスを浴びせかける。真紀も懸命に「俺も……大好き」と応えた。互いの囁きで、合わせた唇から溶けていくようだった。

「——あ」

指でほぐされた場所に、硬くて熱いものがあてがわれ、押し入ってくる。

「真紀……」

真紀はぎゅっと目をつむった。太一はゆっくりとからだをすすめて、いったん動きを止めると、再び真紀の額にキスを落とした。

「大丈夫だから……もっと力抜いて」

そしてまた少しずつ内部に侵入してくる。頭のなかが白く霞《かす》み、なにも考えられなかった。太一の熱が自らの体内に感じられる。入れられただけで裂けてしまうんじゃないかと心配していたが、怖さはだんだんと薄れて、代わりにじわじわと込み上げてくるものがあった。ほんとうにつながってるんだ……そう考えると、目じりに熱いものが滲《にじ》む。だってもう駄目かと思っていたのに……友達でもいいと覚悟していたのに……こんな……。

「真紀……」

まるで真紀の考えが伝わったかのように、太一が目許にやさしくキスをしてきて、涙を吸いとったあとで囁く。

「怖くないから……」

ん——と頷いて、真紀は目をつむって太一の首に腕を回してしがみついた。

時間をかけて根元まで入れると、太一は「キツイね……」とためいきめいた声を漏らした。

その言葉を聞いた途端にカアッと頬が熱くなって、真紀は思わず目を開ける。すると、なだめかけるように笑う瞳と目が合った。太一が悪戯っぽく囁く。

「すごく気持ちいい。――動いても平気?」

「………」

なにもいえないまま真っ赤になって頷くと、太一は真紀の腰をかかえあげて動きはじめた。ゆっくりと抜き差しをくりかえされるうちに内部が擦《こす》られて甘い熱を発してくる。からだの奥の一番敏感なところで蜜がとろけるみたいで、頑《かたく》なな羞恥《しゅうち》心も一緒に溶けて、しばしその甘さに溺《おぼ》れる。とろけた内部が太一の硬いものをきゅっと締めつけて、さらにひとつになるような感覚があった。

「は――」

太一が心地よさそうにこぼす息が色っぽい。やがてもうたまらなくなったように、太一がぐいっとからだを折り曲げてキスをしてきた。吐息が混ざりあい、からだもさらに深く交じりあう。

「……あ」

そのまま揺さぶられて、互いに苦しいような息を吐く。動きが激しくなって、太一の熱い塊が真紀の体内で暴れているみたいだった。

「――あ……あ」

律動をくりかえされるうちに、自身の下腹のものがまた勃起《ぼっき》しているのに気づいた。感じているところをさらに穿《うが》たれ、まったく前はさわられていないのに反応することに困惑して泣きそうになる。

「や――また、でる……」

「いいよ。だして……。俺も真紀のなかにだすから」

囁かれた途端に、甘い疼きが全身を支配した。

堪えたけれども限界で、真紀は再び達した。ハアハアと荒い息を吐く唇が、太一の唇にふさがれる。

「真紀……」

太一が再び腰を動かしはじめたときには、頭のなかがすっかり熱に支配されていて、半分意識が飛んでいた。

やがて太一がぶるっとからだを震わせて、真紀のなかに精を吐きだす。

再びきつくキスされて、頭がくらくらし、酸欠になりそうだった。けれども、まったく苦しくはなくて、心地よい酩酊《めいてい》感と甘さにつつまれる。やっと身も心も結ばれたほんとうの恋人同士になれたんだと思ったら、うれしくて――。

しばらくして身支度を整えてから起き上がったものの、真紀はそれ以上動く気にならなかった。太一が心配そうに抱き寄せる。

「真紀……すごくかわいかった。大丈夫？　つらくない？」

「——平気」

ぐったりとなって、されるままになっている真紀をぎゅっと抱きしめて、太一は耳朶を噛みながら囁くようにいう。

「真紀……お風呂、一緒に入ろ？　からだ洗ってあげるから。もう恥ずかしがる必要もないから。——ね？」

ね？　——といわれても、簡単には頷けない。けれども、頭もからだもどこか感覚が麻痺《まひ》していて、すぐには返事すらできなかった。

「かわいいから、一緒に入りたい」

ぼんやりしていたせいで甘い声に誘われるままに、「うん……」と頷きそうになって、かすかに残っていた理性の部分が「ん？」と首をかしげる。

なんだかさっきから、太一のいいようになっているような——？　風呂に入ってからじゃないといやだといったのに、結局脱がされたし——それでも最後まではしないと思っていたのに、こんな場所で恥ずかしい格好をさせられて……。なんだか、これじゃあ……。

「……太一、俺は……」

真紀がなにかをいう前に、太一はそれを遮るように唇をかさねてきた。「ん——」と抵抗しようにも、口のなかをかきまわす舌が気持ちよくて腕を押しのけることができない。

「……やだ、もう……」

再びからだをいやらしく撫でまわされ、また下腹が疼いてしまいそうで、真紀は泣きそうになった。すると、太一はぴたりと手を止める。

「俺のこと、嫌い？」

たずねられて、真紀は「まさか」とかぶりを振る。太一はほっとした笑顔を見せる。

「よかった。俺も真紀が大好き。ずっと仲良くしようね」

「…………」

いっていることは爽やかでかわいいけれども、「真紀」と囁きながら胸もとをなでまわす手は相変わらず卑猥《ひわい》な動きをするので困惑する。こんなふうにいわれてしまうと、この手を振り払ったら、「嫌い」といっているようなもので拒めないではないか。

普段口にする言葉もストレートだけれども、欲求にもストレートなんだろうか。

「真紀……」

再びキスされて、思考が分断される。真紀がよけいなことを考えないように測っているようなタイミングのよさだった。

なんだか少しばかり手の平の上で転がされているような気がするけれども、もうどうでもいいか――と真紀はとうとう抵抗するのをあきらめた。

太一とつきあうことになったと亮介にメールで報告すると、『おめでとう。頑張れ』という短い返信がきた。

ずいぶんとあっさりしてるんだな——と拍子抜けしたものの、おそらく太一から詳しい事情を聞いているせいだろうと判断した。なにせ同じ家に住んでいるのだから。

翌日、久しぶりに昼の部のバイトに行ってみると、亮介が同じシフトに入っていた。太一は今日はバイトではないが、帰りに会う約束をしている。

「大好きだよ」といってもらって、キスされて、いやになるほど抱きしめられて——真紀の恋愛に関するトラウマはすでに遠くなりつつあった。もう決して暗黒面に堕《お》ちることはない——そう思った。

仕事中はさすがに余計な話はできないので、バイトを上がる時間になってから、ロッカーのところで亮介に話しかけた。正直なところ、のろけ話を聞いてほしくてうずうずしていたのだ。

「おめでとう。お似合いだよ」

開口一番にそういわれ、真紀は「ありがと」と答えた。素直にお礼をいったことに、亮介は目を丸くした。

「どうしちゃったの？　太一の影響？　いつも不機嫌そうな顔してる真紀が」

からかわれても、もう真紀は動じない。ひとの良いところは胡散臭いなどといわずに認めて、取り入れることにしたのだ。

「そうだよ。太一はすぐにお礼いうし、悪いことしたら、謝るだろ。俺も見習うことにしたんだ。いいと思ったことはすぐにやる。そりゃ……全部はすぐには直らないけど」

「へーえ、爽やかくんになるわけ？　ふーん。なるほど…………」

妙な沈黙が気になって、「？」と視線を向けると、亮介は悪戯っぽく笑いながら「いやいや、気にせずに」と答えた。

「なんだよ？　気になるだろ？」

「太一って、真紀の前ではそんなふうなんだ——と思って。いいことをすぐやるとかってイメージ？」

「そうじゃないか。なんでも正直だし、手放しでひとのことほめるし、歯の浮いたようなこともいうけど、素でああなんだよ。俺も、あんなふうにはなれるとは思わないけど」

「……天然なんだか、腹黒なんだか、よくわからないよね、あいつ」

以前も同じようなことをいわれた記憶があったので、真紀は首をかしげる。

「なにがいいたいわけ？」

「……いま思うと、太一はここで一緒にバイトするっていったときから、ずっと真紀とよりを戻すこと狙ってたんだなあって思って。でも、俺、全然気づかなかったよ。一時期、ほんとにふたりは仲悪かったのにな」

「あ……うん」

たしかにここでバイトをはじめた大きな理由は、別れたあとも真紀のことが気になっていたからだ——といっていた。真紀も以前は、「なんで別れた男と顔を合わせなきゃいけないんだ、どうして太一は平気なんだ」と憤慨していたものだが、再びつきあうことが決まったいまでは、それのどこが悪いのかよくわからない。

「なにが悪いんだ？　それが腹黒っていうのか？　俺をずっと気にしてくれてたってことだろ？」

「いや、だから……前にもいったけど、メンタル強いなって。真紀は大切なことを忘れてるみたいだけど、以前は真紀が太一を振ったんだろ？　太一は振られたほうなんだよ。普通は……なかなか振られたほうが、『あわよくばもう一度……』って狙って、同じバイト先にくるってできないと思うよ。俺でも無理だわ。もう吹っ切ってるならともかく。おまけに真紀は、とりつくしまもないくらいツンツンした態度だったし——あの状態からもう一度つきあうってすごいよ。太一はタフだよ。ブラコンのくせに、俺の同居を許したときから、ただものじゃないと思ってたけど」

「あ、でも太一も、俺の態度には頭にきたっていってたけど。憎たらしいと思ったって」

太一にも人間らしいところはあるんだよ――とフォローするつもりで口をだすと、亮介は「ああ、それはわかる」と頷いた。

「好きだから、怒ったんだよな。まあ、それはほんとだと思うよ。太一は真紀には本気なんだよな」

第三者にいわれると照れてしまって、真紀は口許を手で隠しながらうつむいた。……太一と再びつきあうことが決まってから、油断するとすぐに顔がゆるんでしまって、ひとから見たら気味が悪いであろう思い出し笑いを漏らしてしまうことが多いのだ。

案の定、亮介は「大丈夫なのか、こいつ」といいたげに真紀を見つめた。

「……いまは幸せそうだから、なにをいっても聞いちゃいないだろうけど。ひとつだけ、俺の釈明のためにいっておくけど、あいつはべつに俺がお兄ちゃんとつきあって同居したからって、傷心なんかになってやしないからね。真紀にいろいろ聞いてほしいって悩みがあるみたいなことといったのも、全部よりを戻すためなんだから。これでよくわかったろ？　俺は太一が家に居づらい空気なんて作ってないから、そこは誤解しないように」

「――――」

記憶を巻き戻して、そもそも太一が『友達として仲良くしよう』といってきたときの状況を思い出し、真紀はあらためてハッとした。そういえば、そんなこともあったような……。

「思い出した？　もしも太一が傷ついた顔見せて、『真紀に悩みを聞いてほしいんだ』なんていってたら、それは全部嘘だから」

たしかに悩みを聞いてほしいといっていたわりには、人のうちにきて鍋だけ食べて満足して、「話は？」とたずねた途端に「あ、そういえば」とようやく思い出したような顔をしていたこともあったような……。

「でも、それって俺ともう一度やり直すために、必死で嘘をついて、仲良くなるきっかけをつくろうとしたってことだろ？」

「――」

真紀が前向きに解釈すると、亮介は絶句したあと、狼狽《うろた》えたように口を開いた。

「ま、まあ、そのとおりなんだけど。すごいな、補正効果。やっぱりお似合いだよ、真紀たち。俺は悪者でもいいけどさ」

「亮介が悪いなんていってない」

「なら、いいです。俺が馬に蹴られて死ぬから。ラブラブカップルに、よけいなこといいました」

亮介は苦笑しながら、「もうなにもいうな」と帰り支度をはじめてしまった。

真紀も着替えはじめたものの、あらためて亮介のいったことを考えると、次第にもやもやしたものが湧き上がってきた。「あれ？」と感じつつも、「まあ、いいか」とやりすごしてきた諸々《もろもろ》。

店を出るとき、真紀の顔色がいくぶん曇っていたからか、亮介は責任を感じたように口を開いた。

「大丈夫だよ。太一が真紀をすっごく好きなのはほんとだから。ただ好きすぎて、今後がきっと大変だなと思って……。あいつ、真紀をお兄ちゃんと同じように神聖視して『やっと見つけた天使だ』っていってるみたいだから。ずっと天使の意味がわからなかったけど、どうやら太一にとっては真紀は奇跡みたいな存在らしいよ。以前は『その純情な天使を、ケダモノみたいに汚してしまった』って、自分に非があるからと思ってあっさりと引いたらしいけど——もしも今度、真紀が別れたいっていったり、喧嘩になったりしたら、太一が荒れるから。そうすると、太一が俺に八つ当たりしてくるからさ。だから、仲良くやってくれるように頼む。頑張れ」

「…………」

メールの「頑張れ」はそこにつながるのか、と腑に落ちた。

太一と待ち合わせしていたので、カフェの前で亮介とは別れる。去る前に、亮介はさらなるフォローを忘れなかった。

「いろいろいったけど、俺はほんとに太一と真紀のよりが戻ってよかったと思ってるよ。太一はいいやつだからさ。まあ、ちょっと癖はあるけど。太一にがっちりと捕まえられるのも悪くないと思うよ。かなり時間をかけて、相当な執着心をもって真紀を狙ってたわけだから」

じゃあ、と帰っていく亮介の背中を見送りながら、真紀はかすかに眉をひそめた。

太一と接していて、先日、なんだか手の平の上で転がされているようだと思ったことはある。でも、自分と仲直りしたいために嘘をついたのだとしたら、責められない。それに、太一が亮介との同居に複雑なものを感じていないわけがないのだ。悩んでいたのは多少なりともほんとうに決まっている。

こんなふうに頭のなかでいろいろ想像を巡らしすぎると、ろくなことがない。目の前にあるものだけを信じたほうがいいのだ――と、真紀は亮介から聞いた情報をいったん心のなかから消去することにした。

カフェに入り、窓際の席に座って太一を待つ。約束の時間を過ぎてほどなくして、太一があわてたように店に入ってきた。

「――真紀。ごめんね、待った？　バイト終わってから、ちょっと経ってるよね」

太一の笑顔を見た途端、亮介にいわれて湧き上がりかけていたモヤモヤなどすべて地の果てへと吹っ飛んだ。自然と口許がはにかんだ笑いにゆるむ。

「ううん。俺もいまきたとこ。亮介とちょっとロッカーで話してたから」

「亮介と？」

その瞬間、なぜか太一の表情が笑顔ながらもわずかにピクリと動いた。

「なに話したの？」と問われ、まさかほんとうのことはいえずに、「たいしたことじゃないけど」とごまかした。

「そう――」

どこか不自然な太一の表情の動きに、思わず疑念が渦巻く。

……いまのピクリはなんなんだ？　なにか話されて困ることでもあるのか？

いったん消去したはずの亮介情報が一瞬にして復活し、真紀はちょっとだけ意地の悪い気持ちでカマをかけてみた。

「……太一は、いま平気なの？　お兄ちゃんと亮介のこと。悩んでるみたいだっただろ？　家で邪魔者みたいだって」

太一は「え」と一瞬固まり、そういえばそんな設定もあったと思い出したのか、晴れやかに微笑んだ。

「それは……真紀とつきあえるようになって淋しくないから、もう大丈夫。ありがとう、気にかけてくれて」

「――そっか。よかった」

真紀は「うんうん」と頷きながら、微妙な間合いには気づかないふりをした。だって、こんなことをいってくれるのに、責める必要がどこにある？

俺だって太一の二面性に気づいてないわけじゃないんだけど――「爽やかなのに、エロい」とか。だけど、そういうところも含めて好きになってしまっているのだから仕方ない。

いまだに天使だのといっているというのは少し気になるが、欠点や癖のない人間なんていない。自分もそうなんだから。

「——ほんとに大好きだよ、真紀」

なにを思ったのか、人目のあるカフェだというのに、太一がいきなりそっと囁くように告げてきた。驚きのあまり、飲みかけたコーヒーを噴きだしそうになるのを堪える。

以前だったら、「なにいってるんだよ」と刺々しく返しただろうが、恋は盲目とはよくいったもの——真紀はやさしいオオカミの牙《きば》に自ら首を差しだすような気分になって、うっとりと「俺も」と囁きかえした。

オオカミの独白

「太一《たいち》、俺になにか話すことはないか？」

夕食のあと、居間のソファでテレビを見ていると、兄の章彦《あきひこ》にあらたまった顔つきでそうたずねられ、太一はきょとんとした。

兄の久遠《くおん》章彦は二十八歳、玩具《がんぐ》メーカーの企画開発室に勤める会社員だ。薄茶の髪と瞳、甘く整った顔立ちが印象的で、ヒット商品のイケメン開発者として女性誌にとりあげられた際、「ヌイグルミ王子」とのコピーをつけられた。一見、仕事のできる大人だが、家ではいまでもこそこそと子どもの頃からのミニカーのコレクションを続けている、「永遠の少年」ともいうべきかわいらしいひとだ。弟の太一にとっては、「天使」という称号も加わる。

「お兄ちゃんに話すこと？」

章彦がうむと頷《うなず》く背後では、キッチンでの片づけを終えて居間に入ってきた亮介《りょうすけ》が口をぱくぱくさせて「あれ、あれ、真紀《まき》のこと」と伝えてくる。

「お兄ちゃんに報告することがあるだろう。隠しごとをする気なのか？」

どうやら亮介が口をすべらせてしまったらしく、章彦は最愛の弟が真紀との交際を復活させたことを自分に黙っていると憂《うれ》いているらしかった。太一は「亮介め」と思いながらもにっこりと笑顔をつくる。

「まさか。お兄ちゃんに隠しごとなんて——ちょっと照れくさいからいいそびれただけだよ。もう伝わってるみたいだけど、真紀とまたつきあうことにしたんだ。仲良くしてるよ」

章彦は「そうか」と頷いたあと、満足そうに微笑《ほほえ》んだ。

「ぜひ今度、家に遊びにつれてきなさい。お兄ちゃん、腕によりをかけて、ごちそうをいっぱいつくるから。高林《たかばやし》くんとふたりがかりでやるから、豪勢だぞ」

「うん、そうするよ。今度ね」

章彦は早速亮介を振り返り、「高林くん、真紀くんはなにが好きなんだ?」と食事のメニューを相談しようとする。

たぶんこの調子では今週末にでも真紀を連れてこないわけにはいかないだろう。明らかにウキウキしながら張りきる兄の様子を見て、太一は少々困ったことになったなと思った。

亮介がソファに腰をかけながら、「そんなに豪勢にする必要ないよ」とあきれたように返す。

「なにいってるんだ。せっかく真紀くんとごはんを食べるのに。俺がケチだと思われるだろう。早くも嫁いびりだって」

「いや、誰もそんなこと思いませんて。それに真紀は嫁じゃないし」

あれこれいいあうふたりを残して、太一はそっとソファを立ち上がり、居間をあとにした。

同居しはじめた当初は、章彦と亮介をふたりきりにするのを邪魔してやろうかとも思っていたが、いまはまったくそんな気も起こらない。

たしかに自分はブラコンなのだろうし、章彦が初恋だったことは否定しないけれども、大人になってみると、子どもの頃の「好き」は意味が違うのだ。

お兄ちゃん子だった太一にとって、章彦はずっと天使のような存在だった。兄は周囲のひとをほんわかとやさしく温かい気持ちにさせる。自分も子どものときから、その陽だまりのような温かさに救われてきた。だが、いまは――太一には自分だけの大切な天使がいる。

自室に入ってベッドに腰掛けると、太一はさて、どうしようかと悩む。

章彦に報告していなかったのは、べつに隠し事をしようと思っていたわけではない。真紀のことを告げれば、章彦が「そうか、太一にも大切な子が……」と兄らしい感傷に浸りつつ喜んでくれるのは明白だったから、ほんとうは一番に教えてあげたかった。

なぜ黙っていたのかというと、ひとえに真紀のためだ。再びつきあうと決まって、太一はすぐに「お兄ちゃんに真紀をきちんと紹介したい」と申し出たのだが、真紀は「え」と顔をこわばらせた。

「俺……お兄さんに対して、印象悪くないか。このあいだ双子を迎えに行ったとき、ひねくれた口きいちゃったし。双子たちにも意地悪だって文句いわれたの目撃されてるし」

「大丈夫だよ。いっただろ？　真紀のこと『美形くんだな』ってほめてたって」

「いや、待ってくれ。まだ心の準備ができない」

うつむいて苦悩する真紀を前にして、太一は悩みに同調するように「わかった、また今度ね」と返しながら、ひそかに頬をゆるませずにはいられなかった。悩む姿があまりにもかわいらしくて。

真紀は外見だけ見れば綺麗《きれい》な顔をしているし、そのせいでキツイ印象すら与えるのだが、中身はひどく奥手で、取り扱い要注意のガラス細工のような神経をしている。最初のデートでキスしたあとに驚いた様子で真っ赤になって、その帰り道、ロボットみたいなぎくしゃくした動きになっていたから、あのときから純情な子なんだろうなとはわかっていた。

でも、家族のいない家に遊びにきてもいいというし、これほど綺麗な子なんだから、それなりに恋愛経験はあるのだと思っていた。しかし、一度肌を合わせてみると、端整な外見にそぐわず、真紀は太一が敏感な場所に指を這《は》わせるたびにぷるぷると小動物のように震えていて、どう贔屓目《ひいきめ》に見ても経験があるようには見えなかった。

これはマズイ……初めてなのかもしれない。

太一はその場でやめようとしたが、からだを離すと真紀がもっと泣きそうな顔をしていたので——正直なところ自分も興奮していて我慢できそうもなかったので——最後まではしなかったものの、その寸前の行為までは致してしまった。

真紀はとまどっていただろうに、太一を責めるようなことはなにもいわなかった。「怖い」とか「今日は無理だから」とかいってくれればいいのに——でも、その奥ゆかしさが、どちらかというとなんでもすぐにストレートに口にだしてしまう自分とは正反対なので、却《かえ》って魅力的に映った。

そのあと一緒に寝ていたとき、太一がついうっかりとブラコン発言をしてしまっても、真紀は少し不満そうな顔を見せたものの怒りはしなかった。しかも、「みんなから駄目だっていわれる」といったところ、「そんなことないよ」と否定して赦《ゆる》してくれたのだ。

正直なところ、いままでつきあった相手とはすべてそれが原因で別れたといっても過言ではないので、真紀の発言は衝撃的だった。

腕のなかに抱きしめて、いい匂いのする真紀の髪に顔を埋《うず》めながら、太一は心の底から「天使だ――」と思った。

だが、そのすぐあと、自らの行動が最初に考えていたよりもさらに重大な過失を犯していたことを知る。

「……真紀とどう？　うまくいってる？」

従兄弟《いとこ》の亮介はふたりの仲を心配しているらしく、ちょうど太一が真紀の家に遊びにいった翌日、大学で会ったときに気がかりな顔でそうたずねてきた。

「うん、真紀も天使だからね」

にっこりと笑って答える太一に、亮介は「はい？」と首をかしげた。

「――太一のお兄さんに似てるってこと？」

「天使なんだよ」

真紀と初めて抱きあった直後だったので、太一はどこか浮かれていた。誰かに真紀のことを詳しく語ることすらもったいなくて、そんな言葉をくりかえしたのだ。

亮介はぽかんとしたものの、「——ああ、そう、天使なんだ」と首をひねりながらも無理やり納得したように頷き、「うーん」と悩ましげにがりがりと頭をかいた。

「あのさ……真紀が怒るだろうから、よけいなことはいいたくなかったんだけど——真紀って大人っぽく見えるだろうけど、中身は全然違うからさ。そこのところ、気をつけてやってくれない？」

「どういう意味？」

「——おまえ、手が早いだろ？　真紀はそういうの駄目だから。お友達からはじめて、魂でふれあってから、次の段階に進んでほしいってこと」

わけのわからないことをいいだした親友を見つめ、太一は「魂の……ふれあい」とくりかえした。「青春がどうのこうの」とか、亮介のいうことは時々古風なのだ。

「真紀がそういったの？」

「いや、いってないけど、子どものときから見てるからわかるよ。段階をすっとばして、深い関係になろうとしたら、まず間違いなく『ケダモノっ』『カラダ目当てなんだ』って嫌われるから。あいつ、好きな人とは海の見える白いペンションの部屋で結ばれたいとか、そういうタイプだから」

「——」

まさか、いまどきそんな——と思いつつも、キスしたときの驚いた顔や、腕のなかでぷるぷる震えていた真紀の様子を考えると思い当たるところは多々あった。

黙り込んだ太一を見て、亮介は「おまえ、まさかもう……」といいかけたが、これ以上首を突っ込んでもしようがないと思ったのか、ためいきをついただけでなにもいわなかった。

だって、そんな海の見える白いペンションがどうのこうのなんて、いってくれなきゃわからない。

とにかく自分が想像していたよりも遥《はる》かに真紀を傷つけてしまったのだと、海よりも深く反省した太一は、その後、真紀に「家にこない？」と誘われてもことわるような草食動物に進化を遂げた。そして結果的にはすれ違って、やはり振られてしまったわけだが……。

真紀、いやだっていうかな——と太一は携帯を見つめながらしばし考えた。

章彦が会いたがっているから家にごはんを食べにきてほしいと伝えなければならない。強いショックを与えないように、心の準備をさせるためにも、早いほうがいいだろう。

よし、電話をかけようとして、ふと思いとどまった。いま、午後十時過ぎ——まだ真紀はきっと起きてる。ここのところ毎日のように会っているけれども、今日もやっぱり顔を見たい。直接伝えよう。

太一はすばやく身支度を整えると、「ちょっと真紀のところに行ってくるから」と居間のふたりに伝えて家を出た。

さすがにいきなり行くのはまずいので、途中で携帯から電話をかける。真紀はいつものように「いまからか？　なんで？」とパニック寸前のようなうわずった声で問いかけてきたけれども、「真紀の顔を見たいから」というと黙り込んだ。

沈黙のなかでも、真紀がどんな顔をしているのかが伝わってくる。きっと真っ赤になって、少し怒ったような顔をしているに違いない。口がうまいんだから――といいたげな目をして。

『わ、わかった』

「うん。すぐ行くね。待ってて」

太一がなんでもすぐに口にだすのは、子どもの頃からの経験によるもの――胡散臭《うさんくさ》いといわれても、言霊《ことだま》の力を信じている。幼い頃に両親が亡くなったとき、「お兄ちゃんと一緒にいる」といいはったから、いまの自分がある。だから好きなものは好きだってすぐにいう。欲しいものがあったら行動する。そうしないと、幸せはたやすく逃げてしまうことを実感として知っているから。

その信条はずっと変わらなかったのだが、真紀のいやがることはしたくなくて、このあいだは相手のペースに合わせて仲直りするために「まずは友達から」作戦を実践しようとした。だが、あまりにも慎重な行動をとりすぎたために結果的に再びすれ違い、真紀をかなり哀しませてしまった。慣れないことはするものではない。

やっぱりいつもどおりでいこう――と太一は今回の件でしみじみと思い知ったのだった。

だってそれで、いままではうまくいってたんだから、と。

真紀はつい先日、「なんだか太一のいいようにされてる気がする」と恨めしそうに訴えてきたけれども、そんなことはない。これがふたりにとってはいいことなのだ。だってどちらかがリードをとらなければ、互いに相手のいいようにしようと譲りあった末に、またすれ違ってしまうかもしれないから。

家に辿《たど》り着くと、真紀は少し怒ったような顔で出迎えてくれた。すました顔が綺麗だ。

「いきなり、なに？　こんな時間に」

「――真紀、大好き」

唐突に告げると、真紀は先ほど頭のなかで予想したとおりに赤くなって、「こんな玄関先で。早く入れよ」と吐き捨てるようにいった。つれない態度を見せたかと思いきや、家のなかに入って玄関のドアをしめた途端、太一の腕をきゅっとつかんで「俺も好き」と呟《つぶや》く。

言霊だからね――と太一は真紀の耳もとにそっと囁《ささや》きかえす。

「真紀、ずっと仲良くしようね」

あとがき

はじめまして。こんにちは。杉原理生です。

このたびは拙作『赤ずきんとオオカミの事情』を手にとってくださって、ありがとうございました。『羊とオオカミの理由《わけ》』に脇役で出てきた真紀と太一のお話ですが、それぞれ独立しているので、この一冊だけでも読めるようになっております。

竹美家らら先生には今回もとても可愛らしい&格好いいイラストを描いていただきました。現時点ではキャララフと表紙を拝見しているのですが、どのキャラも生き生きとしていて魅力的でうれしいです。ほんとうに素敵な絵をありがとうございました。

お世話になっている担当様、スケジュール等でいつもご迷惑をかけておりますが、これからも頑張りますのでどうぞよろしくお願いいたします。

最後に読んでくださった皆様にも、あらためて御礼を申し上げます。最近ツイッターをはじめて近況や仕事情報などを時々つぶやいていますので、興味のある方はチェックしてみてください。そして書き上げるのに時間がかかった本作ですが、もし気に入ってくださったのなら、ぜひ章彦と亮介カップルの『羊とオオカミの理由』も手にとっていただければ幸いです。

杉原　理生

✦初出　赤ずきんとオオカミの事情……………書き下ろし
オオカミの独白……………………………書き下ろし

杉原理生先生、竹美家らら先生へのお便り、本作品に関するご意見、ご感想などは
〒151-0051 東京都渋谷区千駄ヶ谷 4-9-7
幻冬舎コミックス　ルチル文庫「赤ずきんとオオカミの事情」係まで。

幻冬舎ルチル文庫

赤ずきんとオオカミの事情

2013年8月20日　第1刷発行

✦著者	杉原理生　すぎはら りお
✦発行人	伊藤嘉彦
✦発行元	株式会社 幻冬舎コミックス 〒151-0051 東京都渋谷区千駄ヶ谷 4-9-7 電話 03(5411)6431［編集］
✦発売元	株式会社 幻冬舎 〒151-0051 東京都渋谷区千駄ヶ谷 4-9-7 電話 03(5411)6222［営業］ 振替 00120-8-767643
✦印刷・製本所	中央精版印刷株式会社

✦検印廃止

ISBN978-4-344-82907-7　C0193　Printed in Japan